벗꽃의 침묵

황금알 시인선 29

벚꽃의 침묵

초판인쇄일 | 2009년 09월 17일
초판발행일 | 2009년 09월 25일

지은이 | 강세환
펴낸곳 | 도서출판 황금알
펴낸이 | 金永馥
선정위원 | 마종기 · 유안진 · 황학주 · 강세환
주 간 | 김영탁
편집실장 | 조경숙
표지디자인 | 칼라박스
주 소 | 110-510 서울시 종로구 동숭동 201-14 청기와빌라2차 104호
물류센타(직송 · 반품) | 100-272 서울시 중구 필동2가 124-6 1F
전 화 | 02)2275-9171
팩 스 | 02)2275-9172
이메일 | tibet21@hanmail.net
홈페이지 | http://goldegg21.com
출판등록 | 2003년 03월 26일(제300-2003-230호)

값 8,000원

ISBN 978-89-91601-67-3-03810

벚꽃의 침묵

강세환 시집

황금알

꿈도 편견도 담배도 좀 줄였지만 술은 줄이지 않았다. 시의 자리가 꼭 침묵이나 생각의 여백이나 삶의 언저리라고 할 수 없지만 문득 무언가 조금 줄어든 텅 빈 곳이라는 느낌이 든다. 그 텅 빈 곳은 허망하지도 허전하지도 않고 그저 담담할 뿐이다.

눈앞의 삶에 대해서도 시에 대해서도 예전보다 더 예민해졌다. 그 예민함 때문이라도 술을 줄일 수 없다. 그런 것도 시의 삶이며 시인의 삶이지 않겠는가. 마음 기울어지던 혹은 마음 머물던 곳에서 마주쳤던 뭇 인연들 그 덕분에 시가 되었을 것이다.

2009년 여름
강세환

차 례

2부

3부

4부

1부

벚꽃의 침묵

주말에 경포대 벚꽃을 보려고 들렀더니
다들 입을 꼭 다물고 있더군요
글쎄 어떤 놈은 혓바닥을 쑥 내밀었다가
얼른 도로 집어넣더군요
그래서 나도 혓바닥을 반쯤 내밀었었죠
가만가만 입모양을 바라보니
무슨 말인 듯 곧 뱉어버릴 것 같더군요
숨을 멈추고 한참 기다렸죠
끝내 말을 꺼내지 않더군요
나도 그 앞에서 말을 걸고 싶었지만
꽃 피는 것도 말 한마디 나눈 것도 없었지만
고개만 몇 번 끄덕끄덕 끄덕였지요
잔뜩 오므린 벚꽃의 입을 쳐다보다
그도 나도 그 한 시절이라는 것도
인연을 따를 뿐이라는 생각이 들더군요
웃지도 않고 그렇다고 울지도 않는
말 한마디 꺼내지 않던
입천장에 혓바닥 붙이고 있던 벚꽃의 침묵

한순간 뜨겁고 외롭던 것

한순간 뜨거움 있었다면 그도 사랑이었을 것이다
창밖을 내다보면
살구나무 옆으로 기울어지는 뜨거움 하나 있었다
살구나무에 다닥다닥 붙어살던
손톱만 한 꽃잎들
제 발등에 켜켜이 쌓아놓고 사는 걸 보면
그가 사는 삶이라는 것도
한순간 뜨거움 있었다면 그도 사랑이었을 것이다

한순간 외로움 있었다면 그도 사랑이었을 것이다
창밖을 내다보면
살구나무 옆에서 침묵하던 외로움 하나 있었다
아침에 내려놓은 손톱만 한
그 외로움 내려놓기 위해
제 발치에 묻어두고 사는 걸 보면
그가 사는 삶이라는 것도
한순간 외로움 있었다면 그도 사랑이었을 것이다
한순간 뜨겁고 외롭던 것들!

내몽골 시편

하얼빈에서 꼬박 열 두 시간 밤 열차를 타고
과거로부터 멀리 달아나고 싶었다
내 허락된 시간을 조금씩 놓아 버리며
중국술 용빈왕龍濱王 꺼내 놓고
조그만 종이컵에 과거를 섞어 마시며
하이라얼海拉爾 어느 부족처럼
자작나무 사이에서 나도 풍장風葬하고 싶었다
침대칸서 쪼그리고 앉았던 자세로
요람搖籃 같은 그 나무상자에 앉아
가끔 왼쪽 무릎이라도 저리면
상자 밖으로 무릎 꺾은 한쪽 발 내놓고
바람에 살점 하나하나 훅 날리며
내 영혼마저 바람에 풀어 놓으리

양고기로 저녁을 때우던 몽골식 식당에서
듣다보면 칠갑산 노래 곡조 같던
말처럼 들판을 달리는 바람 소리 같던
바람의 영혼 같던 마두금馬頭琴* 듣다
마두금 소리도 한껏 가팔라질 즈음

어떤 영혼 스며든 내몽골의 초저녁 바람!
그 바람들도 삼삼오오 모여 앉아
자작나무 뒤에서 거친 숨을 몰아 쉴 때
바람 쐬러 콘크리트 빠오를 빠져나와
외롭고 서러운 별 하나 동무 삼아
자작나무 사이에서 풍장하고 싶었다
셔츠 주머니에 넣어뒀던 볼펜 한 자루만
윗주머니에 깜빡 잊고 넣어 둔 채

살아서 외로움과 서러움이란 것도
차마 피할 수도 달랠 수도 없다는 걸
불쑥불쑥 깨닫게 하던
몸도 마음도 잠적하고 싶던 북만주北滿洲 허허벌판

* 마두금馬頭琴 ; 몽골족의 전통 악기.

15

산중문답

이른 봄 산중에서 만났던 물소리 하나가
무덤덤한 저녁 산책길 발걸음 자꾸만 헛딛게 하였다
헛디딜 때마다 짜릿한 이 헛헛한 맛
헛디딜 때마다 온 몸에 톡 쏘는 이런 낯섦!

작은 물소리 하나가 속마음을 후벼 팔 줄이야
우두커니 앉아 물소리 듣다 보면
마음속에 쏙 들던 마음속에 이런 물듦!
(이 헛디딤과 헛헛함과 낯섦과 물듦의 복잡한 유혹)

엊그제 꿈속에서 언뜻 스쳤던
어느 운수납자雲水衲子를 꿈처럼 산중에서 만났다
긴 턱수염을 매달고 있었다
몇 마디 말을 걸어보려고 뒤쫓아 갔다
몇 걸음 뒤에서 그의 보폭만큼 걸었다
좁혀지지 않은 그 거리만큼
물소리 하나가 그 거리만큼 맴돌고 있었다

정녕 어디로 가는 길입니까

덤덤하게 너는 네 길을 가라
길 없는 길 찾아 헤매는 길!
물소리가 그 여백을 드문드문 메우고 있었다
(물소리 듣다 물소리에 물든 마음)

"수행자는 인연을 따를 뿐"
"문학도도 인연을 따를 뿐"
우연한 이 물소리는 우연일까? 인연일까?
적적한 것도 적막한 것도 아닌
생강나무 발목을 적시던 담담한 물소리

꿈은 헛걸음 같은 것

무장무장 깊어가던 어둠이 사립문 열어젖히고
그날처럼 내 곁의 툇마루에 걸터앉을 때
싸락눈 희끗희끗 날리던 수락산 입구 호프집에 들러
오백짜리 몇 개 비우며 마음의 잔도 비웠지

너는 바보처럼 은회색 스카프를 어디다 흘렸을까
너는 스카프 되찾으러 종종걸음 걷다가
내 정신 좀 봐! 정신까지 나갔는가봐! 하면서
너는 제 이마를 꽉 쥐어박았지

네가 수락산 언저리에 눈발처럼 나타났다 사라져도
내 가슴 한복판에 뜬금없이 나타났다 사라져도

그날처럼 수락산 입구 호프집에서
스카프 둘렀던 허연 네 목덜미를 기억하다 말다
내 정신 좀 봐!
정신까지 나갔는가봐! 하면서
나는 손등을 꽉 깨물었지

오백짜리 하나 비우다 하나 더 비우다 말다
다시 정신 들면
아직도 너를 대면할 내면內面 남아 있다면
꿈은 사라졌어도 종종걸음 말고
너에게 가는 걸음, 헛걸음이라도 한번 걸음하고 싶다
다시 한 번, 허허로이 헛걸음을!

내 꿈은 사라지고
네 꿈도 사라지고
내 가슴에 남았던 꿈은 헛걸음 같은 것

소요산의 고요

가을비 젖은 소요산의 고요를 기웃거려본다
소요산은 울고 있었다
이별을 준비하고 있었다
떠나야 하는 것들과
살아남아야 하는 것들의
뜨거운 포옹으로
어슬어슬 가을산은 어둠 속에서도 단풍 들고 있었다

손금 같은 동굴 벽면 틈새마다
쬐끄만 돌을 쌓아놓은
중생衆生들의 기도를
동굴 속 석불石佛은 한쪽 귀를 기울이고 있었다

동굴 밖을 내다보다
허공을 떠도는 것들을 위해
다만, 허공을 바라보고
먼 길 떠난 것들을 위해
선뜻, 홀로 길을 걸었다
되돌아오는 길은 또 얼마나 먼 길이었으랴

나도 뭇 짐승처럼 맨바닥을 헤매고 다녔다

때론 전신全身으로

때론 전심全心으로

홀로 길을 걸었고

그 되돌아오던 길은 또 얼마나 먼 길이었으랴

동행

겨울비라도 후두두 쏟을 것 같은 오후 다섯 시
동네 산자락 막 들어서다
한 손에 꼭 움켜쥐기 좋은
어느 나무에서 뚝 떨어진 나뭇가지 하나
그놈을 손에 움켜쥐고 산을 올랐다
나는 혼자 걷는 것 같지 않았다

귀임봉에 이를 때쯤 길손에게 물었다
이거 무슨 나문지 아는지?
오리나무야 뚝뚝 부러질 텐데…… 힘도 없어!
순간 오리나무 툭툭 부러뜨려
귀임봉 어디 던져버릴 생각을 내려놓았다
오늘은 저쪽 능선을 밟지 않고
방금 올랐던 능선을 되돌아가리라

힘도 없고 뚝뚝 부러질 것 같은
어디서 뚝 떨어진 오리나무 나뭇가지 하나
이쪽 길 저쪽 길을 콕콕 찍으며
한 발짝 앞서서 나를 이끌었다

오리나무 지팡이와 함께 산을 내려왔다
나도 너도 혼자 걷는 것 같지 않았다

손에 묻은 꺼무튀튀한 나무껍질도
탁탁 털어버릴까 하다 그만 뒀다
나뭇가지 처음 만났던 곳에 내려놓았다
그것만 꼭 내려놓은 것 같지 않아
가만 천천히 되돌아서서 바라보면
눈에 자근자근 밟히던 나뭇가지 하나 뿐!

대추나무에 시 하나 걸렸네

그대 앞에 하루 종일 서 있어도 보일 듯 말 듯
내 앞에서 네 앞에서도 어른대던
대추나무에 남은 마지막 대추 한 알
대추나무도 알고 있었을까 삶은 견디는 것임을!

손 털었다 해도 다 털지도 못한 것
보일 듯 말 듯 그대 삶 들여다보면
그대 삶 들여다보다 내 삶을 들여다보면
그 나머지 빈자리도
그 무엇으로 채우려고 하지 않을 뿐
그의 손끝에 매달린 쪼글쪼글한 대추 하나 뿐

어젯밤엔 느닷없는 그 첫눈 때문에
밤늦게까지 시 한 편에 미적미적 매달렸다
주방에서 심야 커피를 한 잔 하려다
주방 창문 열면, 손끝에 닿을 만한
눈길만 반쯤 마주치다 말던 그곳에

손을 털었다 털었다 해도 끝내 털지 못한 것

손끝 닿을 만한
한쪽 팔을 쭉 뻗으면 닿을 만한
(마음을 한번 쭉 뻗으면)
눈길만 반쯤 나누다 말던 그곳에
대추나무에 쪼글쪼글한 시 하나 걸렸네

텅 빈 12월의 은행나무

아파트 놀이터 텅 빈 은행나무 가지마다
은행 알보다 더 많은 꼬마전구 수백 개를 매달았다
밤하늘을 끌어다 놓은 듯
밤마다 텅 빈 은행나무는
은행 알 한 움큼씩 움켜쥐고 있던 그때보다
지난 토요일 야심한 밤에
산정호숫가에서 인연처럼
우연히 만났던 별밤의 성성한 그 별빛보다도
더 씩씩하게 환호작약 빛나고 있었다

요즘 지상에 뭐 빛나는 일들 있었나요
그저 따분할 뿐이에요
밤하늘에 빛나는 별을 본 게 언제?
별들도 힘들긴 힘들겠죠
공이니 색이니 하는 선문답은 아니죠
요새 정말 죽을 맛이죠
죽을 맛의 삶은 어떤 맛인지?

아파트 외벽에다 귤 하나만 한 백열등을 걸어놓고

야심한 밤까지 귤을 팔던 중년 남자
한 무더기씩 모여 있던 귤들이
갑자기 힘을 합쳐 쿨럭쿨럭 소리를 지르고 있었다
답답한 당신 가슴에 별이 되어 줄게요
한 남자의 굵은 눈물 같은 귤이에요!

오늘 밤 저 하늘의 눈물 같은 별들이
그렁그렁 글썽이고 있는, 텅 빈 12월의 은행나무

12월의 저녁

첫눈 몇 점 허공을 맴도는 12월의 저녁
동숭동에서 시 한 편 낭송하고
맥주잔에 소주잔 살짝 띄워놓은
폭탄주 두 잔을 들이켜도
방금 낭송했던 시 한 구절만 맴돌 뿐
(폭탄주 마실 땐 폭탄주 마실 뿐)

노래방에 들러 노래 부르려고 해도
이제하李祭夏도 모란동백도 없었다
눅눅한 여인숙 빈방에 들어가
벽에 등을 붙이고 앉아
손바닥 두 개만 한 창밖을 물끄러미 내다보든가
(노래 부를 땐 노래만 부를 뿐)

갈 수도 없고 성큼 다가설 수도 없어
심야 할증까지 물었던 택시에서
휴대폰을 꺼내 들었지만
그곳에 닿지도 못하고 되돌아오던 휴대폰 신호음
서러운 신호음만 드륵드륵 들릴 뿐

첫눈 몇 점 간간이 허공을 헤매고 다니던
(헤매고 다닐 땐 헤매고 다닐 뿐)

겨울, 활래정活來亭

강릉 선교장船橋莊 활래정은 음력 섣달 그믐처럼
더 얼어붙을 것도 식힐 것도 없었다
옥잠화도 작약도 배롱나무도
꽁꽁 얼어붙어 있는 것이었다
정자 앞에 맨흙도 얼어붙었다
한겨울에 냉동 아닌 거 어디 있을까

거기 활활 살아서 꿈틀대는 거 하나
허공에 한 낱알씩 후드득후드득 날리던
허虛하지도 공空하지도 않던 성긴 눈발뿐!
언 것도 식은 것도 아닌
크지도 작지도 않은
눈여겨보아도 보일 듯 말 듯
고만고만한 눈발 낱알 몇 개
이 날 것도 냉동한 것 아닐까

며칠째 미열微熱을 식히지 못하던
내 마음도 급랭急冷으로 얼려 볼까 식혀 볼까
저것 봐, 구두점 쉼표 형상으로

한 시절 꼼짝 않고 말라비틀어진 연꽃 줄기의 외로움
얼어 말라붙은 연꽃 줄기처럼
더 두려울 것도 없는 이 외로움 겪으면!

눈앞에서 침묵하고 있는 옥잠화 작약 배롱나무도
그도 한 석 달 동안거冬安居?
나도 무얼 하나 품에 끌어안고
이 외로움을 살다
더 외로울 것도 없는 이 외로움
한 석 달 고독고독 얼려 볼까
이 외로움 혹 외로움 아닐 수도 있다면!
지금 여기 있는 그대로
마음속에 얼려 볼까 이 순간을 백업할까

국화차를 앞에 두고

이제는 이름조차 희미한 옛 제자가
등나무 밑에서 찬바람 쐰 사이 국화차를 놓고 갔다
우두커니 빈자리 지키고 있던 국화차 한 줌

탁한 마음을 국화차로 달래 보려다
그냥 국화꽃 향기만 맡다 말았다
국화꽃을 앞에 두고 바라만 보아도
손닿을 만한 곳에 국화꽃을 놓아둔 것만 해도
탁하던 마음 슬그머니 무슴슴한 걸!
하루에도 몇 번 마음속으로 국화차를 우려내곤 했었다

국화차 앞에 둔 덕에 국화꽃을 생각하다 보면
국화차를 두 손에 감싸다보면
너의 온기가 내 손을 따뜻하게 하는구나
너는 아직도 피가 따뜻한가?
어느새 냉한 마음도 안과 밖이 따뜻하다
그래 이젠 나도 많이 식었지
그래 이젠 나도 많이 늙었지

살다보면 한 잔의 국화차처럼
누군가의 냉랭한 가슴을 따뜻하게 적실 수 있을까
탁하고 냉하고 혹 딱한 가슴을
국화차 한 잔으로 우려낼 수 있을까
국화꽃 두어 송이 찻물에 띄워놓고
차를 마시는 것도 차를 마시지 않는 것도 아닌
행간에 국화차 한 잔을 두고 앉아

남근男根 샤머니즘

1.
겨울 나목裸木들 수런대던 용굴암 가는 길목
해발 435 미터
씨디 몇 장 펼쳐놓은 산중 좌판
추억의 통기타
노래를 찾는 사람들 1, 2
가객歌客 나훈아

노래 가락 사이로 사각사각 나무 깎는 소리
길목에 앉아 남근을 깎는 혹 괴짜?
성인용품? 비즈니스? 자학? 새디즘?
오슬오슬 소름 돋는
성감性感 돋는 저 불끈불끈한 성물性物들

2.
강원도 삼척 남근 깎기 대회 연습하는 거요
음력 정월 대보름 어부들 무사고 기원하는
동해안 남근제男根祭
시험 사업 번식 번창을 비는 남근 샤머니즘

돈은 절대 안 받습니다
작년 한 해 한 이백 개 깎았죠
씨디도 팔고 남근도 나눠주고
가끔 라이브도 합니다
나목들도 아랫도리까지
남근도 어둠에 잠길 때
남근 하나 움켜쥐고 거기 빈산 넘어 돌아가는 생
목젖 넘어 불끈 솟구치는
이거 라이브 아닐까

수락산 안개

수락산 귀임봉에서 큰 안개를 만났었지
학림사 뒤편 굽은 길도 거기 팥배나무도
커피 막걸리 팔던 간이 휴게소도
도안사道安寺 낯익은 풍경風聲 소리도
뭇 바람소리도 이 안개 속에 파묻혔다

한 발 내딛기도 어렵던
내 앞에 우뚝 선 무슨 괴석 같은
안개 하나 턱 버티고 서서
순간 나도 턱 버티고 서서
안개 한 움큼 가슴에 품었어도
온통 통째로 짙은 회색뿐인 걸!

안개 색으로 온몸을 칠하려는 듯
한꺼번에 달려들어 덤비는데
안개란 놈이 내 등 뒤에서
내 몸을 조르는 것 같더구먼
몸에 꼭 조이는 뿌리칠 수 없는 물리적 황홀감

손등에 발등에 안개를 묻히면서
안개를 뒤집어쓰고 살 수 없을까?
안개에 마음부터 적셔 볼까
달뜬 마음 굳이 안개에 젖고 싶었어
내가 낚였을까 네가 낚였을까

안개 속에 묻혔어도
어둠 속에서도 하나도 어둡지 않던
난 정말 무슨 색일까
회색? 무색? 안개 색? 간혹 주색酒色?
넌 정말 무슨 색일까

안개 한 움큼 가슴에 품었어도
안개 한 움큼만큼 덧없던
그 순간 내 등 뒤에서 등허리 더듬는 감각적 스킨십
안개에 등을 떠밀려
나를 깜빡 잊을 뻔
너를 깜빡 잊을 뻔
내가 나를 잠시 잊을 수 있었다는 걸

산정호수의 내면 혹은 수면

1
선방에서 묵언 수행하는 수도승 같은
산정호수의 내면 혹은 수면을
있는 그대로 그냥 바라보라

망무봉望武峰 노송들은 호수를 향해 목을 내놓고 있었다
손끝을 물에 닿았다 뗐다 하던
어떤 녀석은 숫제 코를 박고 있었다
오후 3시,
망봉望峰은 물을 향해 마음을 쏟고 있었다
수면에 한쪽 발 디디려고 해도
마음 채 닿지 않던
수면에 비친 그대 심경 허할 때까지
(마음은 허공과 같다)

그리워하는 쪽으로 넋 놓고 살 수 있다면
너를 향한 듯
나를 향한 듯
그리워하는 쪽으로 몸은 기울어지는가 보다

2
어떤 사무침이 어떤 답답함이
수면을 향하고 있는지
내면을 향하고 있는지
어디로 흘러가지도 않고 호숫가 언저리를 맴도는
지금 여기
오후 5시,
점점, 잠잠해지던 수면 혹은 내면

저녁노을의 그리움도
노송의 그리움도
시인의 그리움도 머뭇거리다 호수에 잠긴다
(마음은 물과 같다)

내 마음 무겁게 한 것을 되짚어보면
물에 젖은 노을도 아니고
산 그림자도 아니다
더 비울 수도 없는 마음에 남은 빈자리 탓이었다

3

　지난밤엔 산정호수 노래방에 있었다 김정호를 물경 다섯 곡이나 불렀다 홀연 마음 벽을 흔들던 어떤 울림이 있었다 내 삶이 쫌 어둡더라도 투명할 수만 있다면 (가정법은 가정법일 뿐)

2부

중랑천 세월교

돌아보면 그곳에 무료한 다리가 하나 있었다
굳이 그곳에 보따리 풀어 놓은 것은
오작교烏鵲橋 같은 꿈을 꾼 것인지도 몰라
내가 다가가지도 못하는 곳에
네가 다가오지도 못하는 곳에

몇 걸음 걷다 돌아보면 실개천 하나 흘렀다
굳이 흘러가다 돌아보는 것도
그곳에 두고 떠나는 어떤 인연 때문인지도 몰라
내가 돌아보지도 못하는 곳에
네가 돌아보지도 못하는 곳에

몇 걸음 걷다 돌아보면 세월교 하나 있었다
굳이 다 털고 돌아섰는데도
돌아보지 말고 다 털고 가라는 손짓 때문인지도 몰라
내가 다 털고 돌아서지 못한 곳에
네가 다 털고 돌아서지 못한 곳에

내가 돌아보는 곳도

네가 돌아보는 곳도
거기 중랑천 평범한 다리 하나같은 곳 아닐까
그대로 흘러 흘러가도
돌아볼 수밖에 없는
그 어느 세월 때문에 오도 가도 않던 곳에!

중랑천 소요逍遙

1.

달빛 어린 둑길을 나는 혼자 걸었다
중랑천은 낮은 목소리로 속살대고 있었다
낮은 목소리가 누군가 음성 같아
물길 따라 걸으며 돌아보지도 않았다
무심히 흐르는 중랑천도 제 가슴에
먹먹한 사연 하나쯤 품고 있었다
어떤 사내의 적적한 가슴 속에서도
물 한 줄기 흘러 흘러가고 있었다
달빛 아슴아슴한 달맞이꽃 곁에서
사내도 마주앉아 물소리를 들었다
제 가슴속에 낮은 목소리로 맴돌고 있었다

2.

어떤 부부가 중랑천 둑길을 걷고 있었다 앞서가던 여자가
자꾸만 걸음을 멈췄다 미처 따라오지 못하던 남자를 기다리
고 있었다 남자는 더딘 걸음이었다 아마도 남자는 풍風을 맞
은 것 같았다 어둠 속에서도 불편한 왼쪽 팔이 눈에 띄었다
남자는 걸음을 멈춘 채 어서 가라고 여자에게 손짓을 했다

여자도 걸음을 멈춘 채 어서 오라고 남자에게 손짓을 했다
발걸음 멈출 때마다 수심愁心 가득한 여자의 얼굴에도 남자
의 얼굴에도 수척한 달빛 하나 스쳤다 남자를 기다리던 여
자는 달빛 어린 달맞이꽃 하나를 바라보곤 했었다 달빛 어
린 달맞이꽃도 빛바랜 달빛 하나쯤 가슴에 품고 있었다

모기 한 마리 때문에

새벽 네 시 모기 한 마리 때문에 새벽잠을 설쳤다
안방 유리창에 붙어 있던 놈을
더 이상 뒤쫓아 가지도 못하고
잠잠하던 새벽은 헝클어지고 말았다
나도 모기도 더 빨라졌다
나도 모기도 더 예민했다
불을 끄고 누워 모기가 나타나기만 기다렸다
어둠 속에서 나도 놈도 더 예민했다
드디어 놈이 귓전에 나타났다
나는 놈보다 더 빠르게 불을 켰다
놈은 나보다 더 빨랐다
모기 때문에 잠을 이룰 수도 없어
누워 생각하니
모기 한 마리 넓게 너그럽게 용서할 줄 모르는
그 모기 한 마리 때문에
실없는 웃음 참지 않고 혼자 웃고 말았다
날은 밝지 않았지만 헝클어졌던 마음
먼동 밝아오듯 환하게 밝아온다
맨가슴 언저리가 툭 트인 느낌이었다

담痰

왼쪽 등에 결리는 담痰을 떨치려 해도 떨어지지 않는다
파스 한 장 붙이려고 해도
파스 한 장 붙이기 어렵던
손끝 닿지 않아 괴롭던 그곳
일을 하다 일이 풀리지 않아 난감할 때도
손끝 닿지 않아 마음 벽만 긁던
참을 수 없는, 참기 힘든 거

인생이란 것도 떨어지지도 않는 담 같은 거
잊으려고 해도 잊혀 지지 않는
명치끝이 시큰한, 옛 애인 같은
손닿으려 해도 손닿지도 않는
그렇다고 제 손으로 뿌리칠 수 없는
견딜 수도 없는, 견디기 힘든 거

손끝 닿지 않아 마음 벽만 긁던
담도 덤이라는 어떤 생각
살며 죽을 맛도
담 같은 덤 아닐까?

허공을 적시는 새소리

수락산 학림사 한적한 뒷길을 걷다 보면
낯익은 길 문득 낯설어 질 때
국 구욱 국 구욱 국
이렇게도 간절한 새소리 듣던 중 처음
이름을 알 수 없던
내 곁에서 속상한 듯 하소연하듯
걸음 멈칫 멈추게 하던
국 구욱 국 구욱 국
발을 뗄 수도 없을 만큼
국 구욱 국 구욱 국
자기 말을 끝까지 마저 듣고 가라는 듯
뉘 가슴에 얼굴 묻고 싶던
국 구욱 국 구욱 국
속 울음 꺼내놓고 허공을 적시는 새소리
저 가슴에도 덜어내고 싶은 응어리 있었을까
툭툭 털고 일어나겠다는
툭툭 털고 일어서는 산기슭 바람 같은
혹시 잊었던 내 속 울음소리 아니었을까

수묵水墨 한 점

화가 박수근의 그림을 급急 다운로드한 것 같은
신문지 한 조각을 깔고 앉아
산 등허리처럼 구부정한
등을 돌리고 세상을 등지고 앉아
겨울 서쪽 하늘만 바라보던 두 노인
혹은 허리 잔뜩 구부린 갈참나무 같던

털실로 뜬 모자 눌러 쓴 노인과
목장갑 낀 노인의 대화 한 구절
누가 엿들을까 목소리 낮추던
귀 기울여 들으려고 해도 들릴까 말까 한
몸을 좀 더 낮춰 바짝 다가가면
그 옆에 희뿌옇던 겨울나무처럼
여백 많던 화강암 색조色調 수묵 한 점

"짐을 내려놓았는데……"
"마음 굳게 먹어"
"그곳에 한번 다녀오고 싶어……"

불영암

강원도 시골집 뒷산 오르는 길 같은
한여름 삼성산 능선 따라 오르다
현재 서울 남부 일원 35. 5도 폭염
동일여고 근처 골목 슈퍼에서
담배 하나 옥수수 수염차 하나 들고
건너편 구름산 보며 쉬다 오르다
앞에도 뒤에도 등산객 하나 없는
덜 여문 도토리 몇 알 발끝에 구르던
한적한 한심한 외진 산길을 오르다
눈앞에 불영암佛影庵
암자 앞마당서 깻잎 뜯는 거사居士도 있었다
산들바람 소나무 그늘 아래서
캔 맥주를 혼자 뜯는 중년도 있었다
한여름 들국화도 상수리나무도
폭염을 피해 폭염을 견디고 있었다
슈퍼도 캔 맥주도 폭염도 없는
마음속 어디 놓아둔 것도 놓아둘 것도 없는
그런 마음도 어디다 다 떼어놓은
눈앞에 아무 것도 없는 것

동해휴게소

아무리 기다려도 오지 않는 것은 오지 않는다
한겨울 하행선 동해휴게소 벤치에 앉아
저녁 바다 파도소리 귓전에 닿을 듯 말 듯
어디 집착하지 않는 구름 혹은 파도처럼
하릴없이 세상을 떠돌거나
삼화사에서 추암 촛대바위까지 떠돌거나
잡념과 상념에 빠져 마음 쓰거나
내가 아직도 기다리고 있는 것은 무얼까

아무리 기다려도 오지 않는 것은 오지 않는다
한겨울 하행선 동해휴게소 벤치에 앉아
버릴 것도 놓을 것도 없는 구름 혹은 파도처럼
더 집착하지 않고 놓아버리는 것
다 비울 수도 더 채울 수도 없었던
그 어느 젊은 날처럼
내 영혼을 자유롭게 하기 위해 훌훌 풀어놓았으면

봄날은 간다

다시 봉정사 일주문 앞에 서서 합장할 때
개울가에 앉아 나직나직 속삭이던
마음 한 뼘쯤 적시던 물소리 한 움큼
퇴계退溪 앉았던 명옥대 난간에 앉아
(앗, 낮 퇴계! 밤 퇴계!)

과거도 없고 미래도 없는 함함한 봄날에
귀 기울여 엿듣다 보면
맑고 투명한 빈속에서만 나올 법한
촉촉한 음성공양音聲供養
개울가에 앉아 내 가슴에도 당신 가슴에도
한 움큼씩 끼얹던 맑고 투명한 물소리

사노라면 한 움큼 움켜쥐었다
한 움큼씩 꼭 그곳에 내려놓아야만 할 것
내 앞에서 당신 앞에서 털어놓던
속살이 환하게 비치는 삭삭한 물살의 독백
되돌아보지도 않고 되뇌지도 않던

삼강 주막
– 경상북도 예천군 풍양면 삼강리

삼강 주막에서 나는 남루한 객客이었다
강기슭에 붙어있던 삼강 여울도
산 넘다 돌아보던 먹빛 노을도
주막집 회나무 끝에 앉았던 강바람도
살금살금 박새 하나 뒤쫓아 떠났다
먹빛 노을 막 번질 때 등짐 하나 내려놓고 싶어도
등에 등짐 하나 내려놓을 수도 없어
마당 끝에 잠든 풀 하나 일으켜 본다
가볍게 사는 법을 알았던 것들
노을도 여울도 회나무에 머물던 바람도
정처 없이 떠돌던 떠돌이 객이었다
어둡지도 않던 노을빛 평상에 앉아
내가 하는 일이라곤
내가 하는 일을 잠시 잊고 있는 것
잊을 일도 잊고 사는 머쓱한
불현듯 삶의 공백空白에 이르는 공복감

안동 소주 시음장에서

아침부터 안동 소주 시음장에서 누군가 말을 붙였다
김수영金洙暎
김종삼金宗三
천상병千祥炳을 합쳐 놓은 것 같다고!
(불경스럽게도!)

술김에 카드를 긁어 안동 소주 한 병
마음먹은 김에 카드 한 번 더 득득 긁어
안동 소주 한 병 더 품에 끌어 당겼다

카드 영수증 서명 란에
누가 알아보지 못하게 '두향杜香'*이라 써놓고 혼자 씨익
웃었다
안동 소주 시음하고 음복하고 과음하다

어젯밤부터 빈속에 술기운으로 버텼던
허나 삶은 버티는 것도 깨닫는 것도
아님을 깨닫는 이 아침에
깨달음 얻은 이 깨달음을!

오늘 밤엔 빈속을 달래지도 말고
그냥 환하게 보여주기만 할 것
똥개 제 가슴 핥듯 내 삶의 안쪽을 혓바닥으로 핥으며

* 두향杜香 ; 13살에 기적妓籍에 올라 퇴계 이황을 사랑하였으나 퇴계가
  세상을 떠나자 강선대降仙臺에서 몸을 던져 목숨을 끊었다.

묵계서원 뜰에 홍매화 내리거든

안동시 길안면 묵계서원 뜰에 홍매화 내리거든
만휴정 계곡 물소리에 마음 적셨다가
어디쯤서 천천히 되돌아올 때쯤
그대 뒤춤에 감춘 것 내밀 듯 마중 나올 수 없을까
홍매도 물소리도 뒤춤에 감춘 거 있을까

봄볕에 무심코 홍매화 한 점 한 점
제 발끝에 내 무릎 위에 나직나직 내려놓거든
어깨 닿을 듯 말 듯 나란히 앉아
엄나무 담근 동동주 한 잔이라도 권할까
나도 그대도 홍매도 발갛게 얼굴 붉히며

봄밤 그대 곁에 잠들지 않고 꿈 꿀 수만 있다면
내 안에 그대 빈자리 하나
홍매 그늘만큼 비워뒀는데
그대는 그곳에 서서 왜 나를 보고 웃고만 있을까
나도 킥킥 웃어야 할까 보다

마음을 두었던 홍매 그늘 곁에

발걸음 머뭇머뭇 머뭇대던 달빛 그림자
봄밤 깊어도 외로움 하나
소소한 꿈 하나도 헐벗지 않던
홍매 한 점 머물던 자리에 마음 하나 머물던

운천 천주교회

김대건 안드레아 대축일 미사에 참석했다
여기 신도들 평균 연령 65세라던
이 늙고 외로운, 한가로운 천주교회에서
곁눈질하며 성호를 긋고 무릎을 꿇고
어색한 미사 내내 고개를 떨군 채
내가 지은 죄를 맥 짚듯 짚어보았다
복잡한 과거를 되짚어볼 수밖에 없었다
과거를 너무 복잡하게 생각하지 마라
이제 보이지도 않는 아득아득한 과거만 남았다
내 이마를 또 짚을 수밖에 없었다
나는 머리보다 가슴 아플 때 술을 많이 마셨다
과거도 고백도
어디다 털어놓지도 삼키지도 못하고
과거는 과거가 없는
고백은 고백이 없는
입안에서만 맴돌던 고백은 무엇이었을까
기도도 고백도 과거도 턱없이 부족하고
울력勞力도 영혼도 용기도 외로움도 부족할 뿐!
(자비를 베푸소서)

마당 끝에 우두커니 섰던 게 무슨 나무였죠?
기생처럼 예쁘다는 참한 기생나무
여기저기 기웃대지 않고
가끔 나도 너처럼 넋 놓고 우두커니 혼자 있고 싶었다

유품

아버님과 단 한 번도 헤어질 생각도 준비도 못했다
막내 동생이 사드렸던 오리털 파카
손때 고이 묻은 방한용 중절모 한 점
젊었을 때 손수 쓴 붓글씨 한 점
내게 부쳤던 색 바랜 편지 몇 통
대관령서 꺾어다 심은 시골집 앞마당 주목 한 그루
아버님 별세한 그 세월만큼
뽀얗게 먼지 앉은 흐릿한 자전거

한 해 한 번 꺼내볼까 말까 하지만
무엇보다 따뜻한 아버님의 유품인 것을!
호적의 호주 상속도 차일피일 미루다
이제 몇 만 원씩 과태료 물게 됐지만
호주 난에 더 쓰고 싶은 아버님 성함 석 자
가슴 언저리께 와 닿던,
저리고 시린 음력 구월 그믐께 고만한 달

막차

참이슬 일곱 병과 오백 씨씨 세 개에
드디어 친구와 나는 흔들리고 말았다
7호선 막차를 타고 오다 마들역에 내렸다
앞서 내린 승객들이 걸어가고 있었다
(그들의 일상적 삶의 내면을 기록하라)
그들의 목덜미와 뒷모습 바라보고 걷다
어느 순간에 나는 갑자기 돌아보았다
돌아보지 마라 제발 뒤돌아보지 마라
달빛도 그림자도 막차도 없었다
(늦은 밤에 여기저기 휴대폰 넣지 마라)
달빛 같은 것도 쓰윽 지나쳤지만
다시 돌아보면 달빛도 그림자도 없는
하릴없이 사붓사붓 걷다 흔들리는 것
흔들리지 않는 시간도 한번 흔들어 보는 것
한심한 심심한 시간 좀 흔들어보아도
홀로 외로움도 삶의 한 몫이거늘
외롭게 사는 게 단순한 삶이거늘
한 마음 놓았던 마음을 다시 내려놓던 밤

바위

너는 어디 떠돌다 여기 기슭에 앉아
방금 지나가다 만 먹구름을 끌어당겼다 놓았다 하는 걸까

지나가던 구름을 부여잡고 기다리다
더 기다릴 것도
더 외로울 것도
더 괴로울 것도
없는 그냥 저렇게 바위 하나 된 거 아닐까

기다림도 외로움도 괴로움도 없는
마음에 둔 것도 없는
마음에 든 것도 없는
비울 것도 채울 것도 없는
홀로 홀가분한 바위 하나 된 거 아닐까

나는 여기서 너는 거기서
어떤 기색도 내색 않고
가슴에 굵은 금 하나 긋고
수락산 기슭에 뿌리 내린 뭇 바위 같은 거 아닐까

제 가슴에 쿵, 하고 내려놓던
뭇 바위 하나 없는
그렇게 멀쩡한 사람 어디 있을까

나는 어디 떠돌다 여기 기슭에 앉아
홀로 홀가분한 바위에 왜 마음 두었다 놓았다 하는 걸까

대영고물상 앞에서

늦가을 산자락 좀 밟다 내려오던 길이었다
횡단보도에 들어서서 몇 걸음 걸었을까
어떤 어린 녀석이 손수 끌던 손수레의
폐휴지 뭉치가 길바닥에 우르르 쏟아졌다
한 걸음 뒤에서 무심히 걷던 나는
길바닥 여기저기 떨어진 폐휴지 뭉치를
주섬주섬 주워서 수레에 담아줬다
폐휴지 몇 장은 주우려고 해도 줍지 못했다
내가 주우려다 못내 줍지 못한 게 뭘까?
순간 신호등은 깜빡거리고 있었다
경적을 울리는 차량은 하나도 없었다

"아저씨 고맙습니다 어디 안 가세요"
"너를 두고 어떻게 가냐"
"아저씨 고맙습니다"
"어디로 가는 거냐?"
"저기 돌아가면 고물상 하나 있어요"
"부모님 어디 계시니?"
"부모님은 없어졌어요 할머니와 살아요 여섯 살 동생도

있어요"
　"그래, 이름은 뭐니?"

　대영고물상 문짝엔 10분 후에 온다는
　주인의 쪽지 한 장이 나부끼고 있었다
　나는 뒷주머니를 뒤적 뒤적거렸다
　지폐 두 장을 꺼내 녀석의 손에 쥐여 줬다
　그쪽 좀 어두운 데 서 있지 말고
　이쪽 밝은 데서 조금만 기다려라
　나는 곧장 집으로 들어가지도 못하고
　조금 더 어두워질 때까지
　벤치에 앉아 담배를 피워 물었다
　(내가 무얼 하나 잊고 사는 것만 같았다)
　그래 오늘 일을 나도 잊을 테니
　부디 너도 기억하지 말고 살아라

3부

문득 돌아보면 아무도 없는 겨울바다 같은
‑ 고故 오규원 선생의 운韻을 빌려

    슬프지만 문득 돌아보면 깨끗한 A4 용지 같은 여자가 있었다 홍대 앞에서 극동방송국 사이 말없이 불던 바람 같은 여자, 파카 만년필을 손에 쥐어주던 파카 만년필 같은 여자, 광화문 이층 그 찻집 벽에 붙어 있던 엽서만 한 그 액자 같은 여자, 명함판 흑백사진을 들고 있던 시집 갈피에 끼워넣던 명함판 사진 같은 여자, 늦은 밤 헤어질 때 천천히 아주 천천히 먼저 돌아서던 장위동 골목길 길목 같은 여자, 이젠 더 이상 만날 수 없다면서 주먹으로 연신 눈물을 닦던 주먹만 한 눈물 같은 여자, 그러나 문득 돌아보면 아무도 없는 주문진 아들바위 겨울바다 같은

까페 마리안느

명륜동 골목 두어 개 헤매다 당도하니 문이 잠겼다
블랙커피나 한 잔 홀짝홀짝 마실까
듣도 못한 씨디 한 장 얻어 들을까
벌건 대낮 낮술에 취해볼까 했었는데……
주인도 객도 아무도 없는 집을
들여다보는 것도 무례하다 싶어 돌아섰다
누가 밖을 슬쩍 내다보는 것 같아
다시 한 번 더 안쪽을 들여다보았다
벽면에 아무렇지도 않은 그림액자도
밖을 기웃대던 천장의 할로겐램프도
살이 좀 붙다 만 소파도 퍽 정다웠다
기타 소리 하나 귓전에 들리는 듯
기타 하나 턱을 괴고 구석에 앉아 있었다
허공에 머물던 먼지 같은 느낌이
적막한 공간을 몽글몽글 떠돌고 있었다
어떤 내부를 볼 수 있었다 뜻밖에도 밖에서!
어떤 풍경 속에 풍경 하나 있었다
어떤 풍경 너머 풍경 하나 있었다
어떤 느낌 너머 느낌 하나 느꼈다

봄비라도 한번 내렸으면

요새 도통 술자리 줄어 그럴까
삶 좀 줄어 든 느낌을 느꼈어
나이 탓 시간 탓 어쩜 체력 탓 당신도!
오십 견 같은 삶의 갱년기일까
오십이든 갱년이든 오십이며 갱년일 뿐
삶엔들 무슨 도道가 통通하며 정답 있으랴만
이 삶 줄면 딴 삶 조금 느는 걸
가슴 졸였던 삶 느긋한 걸 느껴!
늦은 저녁에 빗소리나 듣다보면
봄비 몇 줄 부실부실 긋는다면
비릿한 봄비에서 불륜 같은 것을

말수도 웃음도 울음도 호프집도 줄었다
큰 꿈 꾼 것 아니지만
꿈 줄어든 것도 느껴
이 꿈 줄면 딴 꿈 느는 거 아닐까
꿈 줄어들면 삶 줄어들면
그냥 봄비라도 한번 쏟아졌으면

어떤 의례儀禮

빅토르 위고(1802~1885) 지상에서 발걸음 멈추던 날
그의 죽음을 애도하기 위해
빠리 뒷골목의 창녀들은 '하루 공짜'를 선언하였다*
서운한 마음을 달래보려고
허허虛虛한 마음을 달래보려고

눈이 허한 어떤 청년은 손에 들고 있던
빅토르 위고 책 한 권을
눈이 퉁퉁 분 창녀의 손에 쥐여 주고 뛰어나왔다
훌훌 털어버릴 수만 있다면

아침 식전부터 보슬보슬 눈물 같은 봄비가
뒷골목을 구석구석 적시고 있었다
슬픔이 뭐냐고
아무도 꼬치꼬치 더 캐묻지 않는 것이었다
아무 말도 않고 서운한 것
아무 말도 않고 허허한 것

* 경향신문 2008. 6. 15

핀잔

귀에 딱 꽂히던 집사람의 뾰족한 한 마디
여기서도 시집만 매달릴 거야
현대문학상 수상시집 읽었어
이성복을 읽고 있었단 말이야
작년 여름 문단에 시집 좀 돌렸을 때
서늘한 엽서 석 장을 받았었지

시인 이성복李星馥
한국일보 박래부朴來富
시인 우대식禹大植

커다란 항구 같은 교보문고에 왔으면
라즈니쉬 앞에도 한번 가보고
인디언 추장의 편지 앞에도
티베트 앞에도 좀 기웃거릴 일이지
어떻게 거기서 빠져나올 줄도 모르냐

일순, 가슴뿐 아니라 영혼도 뻐근하던
내게 욕심 같은 거

물욕 같은 거 있다면
시집 코너 앞에서 기웃거리는 낯선 그림자 같은 것

수휘재 삽화

인사동仁寺洞 구 민정당사 뒷골목
전통찻집 수휘재에서 신경림申庚林 선생을 처음 만났다
1988년 8월 6일 오후 3시
마라톤 타자기를 두고
굳이 대학노트에 만년필로 또박또박 쓴
육필肉筆 시 15편을 꺼내 보였다

왜 아직까지 문단에 나오지 못했느냐고
살갑게 되묻던

늙은 마라톤 타자기도
파카 만년필도
육필 원고도
뒤돌아보아도 보이지도 않는
아득하고 까마득한
다시 한 번 뚜벅뚜벅 걷고 싶은 초행길 그 인사동 뒷골목

흑백사진

— 백석白石

백석은 백석이었다 팔십 년대 중반 북에서 찍은 백석의
가족사진을 [대산문화] 겨울호에서 마주쳤다 백석의 흑백사
진 한 장은 백석의 생애를 한순간 상징하고 있었다 단추 다
섯 개 꼭 채운 인민복 상의도, 옆으로 약간 기웃한 앉은 자
세도, 속 깊은 눈길도, 양 무릎에 올려 논 두 주먹도 백석의
그늘과 그림자처럼 보였다 백석은 먼 곳에 있었다 어떤 명
예도 수식어도 슬픔도 미칠 수 없는 그 갈매나무처럼 먼 곳
에 있었다

백석의 흑백사진 한 장은 낙관도 비관도 아닌 달관도 아
닌 흑도 백도 아닌 한 정점을 머금고 있었다 백석은 백석 바
로 뒤에 서 있던 자녀들도 잠시 잊은 듯 문득 그림자도 제
손으로 조용히 거둬놓은, 남신의주南新義州 유동柳洞 어디 한
겨울 갈매나무처럼 그곳에 있었다 어떤 배경 하나 없는 흑
백사진 한 장이 백석의 미발표 시 한 편 같은 순간이었다 백
석은 백석일 뿐이었다

김종삼을 생각하다

젊은 날 한 때 낮에는 김지하金芝河를 읽었고 밤에는 김종삼金宗三을 읽었다 그 무렵 실패한 연애 때문에 김종삼을 읽다 머리맡에 던져놓곤 했었다 그러나 맨 처음 그 여자의 마음을 끌어당긴 것도 그 여자의 마음을 더 복잡하게 만든 것도 김종삼 때문이었다 돌이켜 생각해 보면 그 여자의 마음도 내 마음도 아프게 한 것은 김종삼이었다

혈서를 쓰듯 김종삼의 시 한 편을 따뜻한 펜으로 써서 그 여자한테 보내놓고 한 달 동안 기다렸다 답장이 없어도 두렵지 않았다 김종삼을 읽고 어떤 울림이 없다면 다시 만나지 않아도 답답할 일도 아니었다 어느 주점에서 쓸쓸한 바람 같은 것이 스치고 지나갈 때, 시라는 것도 쓸쓸한 혹은 영혼이 없는 자의 몫이라는 생각이 들었다 지금 내 사무실 컴퓨터 바탕 화면에 깔아놓은 김종삼의 흑백사진 위로 어떤 침묵이 흐르다 멈춰 있다 나의 시 한 편도 그 누구의 마음속을 복잡하게 흐르다 멈춰 있지 않을까?

김남주를 생각하다

출옥出獄 후 낙원동 술집 〈탑골〉 앞에서 시인 김남주金南柱를 보았다 순간 첫 시집을 잘 읽었다며 환한 치아齒牙를 드러냈다 다시 김남주를 〈수운회관〉에서 만났다 김남주는 〈황석영 석방 문학제〉 초청 연사演士였다 이런 건 시인한테 어울리지 않는다며 그 치아를 드러냈다

그 후 병고病苦에 시달린다는 소식을 아현동 〈작가회의〉 앞 호프집에서 들었다 나는 호프집 탁자 모서리를 손톱으로 북북 긁고 있었다 그 치아를 다시 본 건 〈고려병원〉 장례식장이었다 그것도 영정 사진으로 보고 말았다 나는 울컥 울음을 쏟았다 그러나 곧 곡哭을 저지한 것은 시인 이시영李時英이었다 곧장 병원 입구 호프집으로 끌려 나갔다 〈민가협〉쪽 어머니들이 문상 왔는데 그렇게 크게 곡을 하는 건 도리가 아니라고 했었다 차마 더 슬퍼할 수도 없는 슬픔이었다

내가 쪼잔하다고?

문학동네 살까 하다 창비 여름호를 샀다
노원역에서 마을버스를 기다리며
김수영金洙暎 유작遺作 몇 편 읽어도 버스는 오지 않았다
순간, 문학동네를 읽고 싶었다
누군가 곁에서 속삭였다, 내가 쪼잔하다고?

다시 동굴 같은 어둑한 지하서점에 갔다
방금 생각해뒀던 대사 생각나지 않아
그냥 좀 전에 잘못 샀다고
내 입으로 탁탁 내뱉고 말았다
누군가 곁에서 속삭였다, 내가 쪼잔하다고?

오늘처럼 무언가 견딜 수 없을 만큼
팍팍할 때 간혹 우울할 때
시든 사랑이든 인생이든 운명이든 한순간에 올 것이다
온다는 소식 한 마디 없이
한순간에 올 수 없다면! 좀 늦는다면!

쪼잔 했던 마음을 풀기 위해

폐광 같은 검은 동굴 같은
어둑어둑한 지하 서점에 들러야 할 것 같다
누군가 곁에서 속삭였다
어둑어둑한 마음 그게 뭘까?

김수영의 이면裏面은 아프고 슬프다
(슬픔과 아픔은 더 이상 슬픔과 아픔이 아닐 것이다)
폭주暴酒 틀니 충무로 파출소
거제도 포로수용소 파카 만년필
(허스키한 목소리로)
"My soul is dark."*

* 2008 『문학동네』 여름호 김수영 시인 미망인 김현경의 대담 중에서

어떤 육성肉聲
– 황동규 선생의 시 낭독회에 가서

2005년 12월 6일 오후 4시 30분
서초동 예술의 전당 아르코 3층 다목적 감상실
시인의 육성을 만나던
황동규黃東奎를 듣던 겨울 저녁시간
어디서 목소리 한 옥타브 키우는지
시의 속살을 들여다보고 싶었다

'다시 만날 때까지는'
거기서 유독 두 번씩이나 연속해서
고성에 가까운 육성으로 낭독했다
멀리서 카메라 폰에 두 컷을 담았다

'점박이 눈' 낭독할 땐
길음성당 고故 김종삼 영결식장서 만났던
그 아름다운 문학청년 구절에선
장석남 시인이라고 했었다
(앗, 박중식 시인 아니었던가)

문학판 사람들 하나도 만나지 못했던

그 영결식장
그 행간에 시인의 심경을 털어놓았다
"놀라웠다, 문학판 사람들 아무도 안 나왔다"
기억하시는지?
"내 장례식엔 오늘처럼 추우면 오지 말고……"
문학판 아는 얼굴 하나 없던
행사장 복도 한쪽 끝에서 인사만 했을 뿐
"추운데……"

어느 목로주점을 향하는 뒷모습 바라보다
한바탕 큰 눈 내린
큰 눈이 한 번 더 내릴 것 같은
우면산牛眠山을 돌연 돌아서서 바라보았다
가슴에 확 스쳐간 육성 하나 더
"우울할 때 시가 나온다"

술잔

경상북도 상주시 외서면 가곡리 89번지
(피었다 지던 마당가 물망초 꽃)
처 외조모 장삿날
처 외조부와 마루 끝에 마주앉았다
어려운 걸음을 했다면서
자꾸만 빈 잔을 권하던
술잔 비우기 무섭게 막걸리를 권하던

허전함을 차마 견디기 힘들다는 듯
빈 곳 바라보지 않겠다는 듯
빈 잔에 술을 채우다 말다
그 큰 술잔 같은 허공만 바라보던
허공 같은 그 스산한 눈빛!
무얼 바라보다 끝내 거두고 말던 눈길!
그 눈길을 피할 수도 없어
빈 잔을 내려놓을 수도 없어
두 손으로 빈 잔을 가슴께 움켜쥐었다
그 빈 잔을 움켜쥐었을 때
저릿저릿 저리던 맨가슴께

뭉클 피었다 지던 물망초 꽃 한 송이
빈 술잔에 한껏 어리다 말던

어미

이 지상의 가장자리 끝에서
가장 쓸쓸하고 허전한 눈빛을 보고 말았다
그때만 해도 새끼 낳기 전
암캐의 초조한 심경이며 눈빛인가 했었다
그 눈빛과 심경 헤아린 건
다음날 그 부산한 새벽녘이었다

뒷산 오르는 허름한 길목
쓰레기나 태우는 폐돈사廢豚舍 뒤쪽에서
제 손으로 맨땅을 파헤치던 놈을
시골집 어머니는 먼발치에서 지켜보았다
어머니는 엊저녁부터 놈을 뒤쫓아 다녔다
제집을 두고 뒷마당 기웃대던
놈이 내내 못마땅하였다
'저 놈이 제 새끼를 챙기지 못했는가 보다'
앞마당 그 빈집 앞에서
제 가슴에 제 새끼 묻은
어미의 눈빛과 심경을 헤아려 보았다
어머니는 따뜻한 국을 끓여 내놓았다

그 세월의 가장자리 끝에서
혼자 끙끙대는 소리가 뒷마당서 들렸다
허전하고 허망하고 쓸쓸한 것 ;
더 묻을 것도 없고 더 묻어둘 것도 없는

일산장례식장에서
– 이승철 시인 모친 상가

엊그제 해변호프에서 이승철 ; 모친 모시고 사는데
(그 말의 갈피에 우환 있을 줄이야)
김남일 ; 아, 역전의 용사들 다 모였네
(나는 지금 현역일까 예비역일까)
김영현 ; 상갓집 다니는 게 일상이야
(죽고 사는 것도 일상 아닐까)
박몽구 ; 작가회의 시분과 때 술주정 많이 받았지
(폭음으로 폭력을 맞섰던 흑백 다큐)
공광규 ; 얼굴에 고민이 없어 보여!
(고민도 시 나부랭이도 감추고 사는)
이재무, 강세환 ; 앗 저기 박철이닷!
(말대꾸도 않는 시인의 떫은 얼굴!)
(시도 시인도 결국 떫은 성질 아닐까)
이재무 ; 정말 외로워서 미치겠어요
제기랄 그게 무슨 질병 같단 말야!
(외로움도 괴로움도 시인의 지병일 거야)
이재무 ; 술 마실까 어떻게 마셔볼 거요
(폭음, 통음, 떫음, 부음, 불음)
이재무 ; 뒤로 갈수록 좋은 시를 쓰고 싶다

(주름살 깊어 가면 시도 깊어져야……)
이재무 ; 요번 시집이 승부처 될 거야
(약이 이빠이 올라야 시든 뭐든 터지리)
(삶도 문학도 타박타박 늙어갈 것이다)
(추억도 과거도 사랑도 잊고 살아야할 판)

심심했던 시시했던 하루의 소사小史

오늘 당신 기다리는 동안 중얼거린 것들
어디서 읽었을까 누가 말했을까;
시인은 무당이에요 시인은 바다제비에요
우리 젊은 날 불렀던 유행가 한 구절;
오늘도 젖은 짚단 태우 듯……
우연히 눈에 띄던 신문 한 귀퉁이;
우린 영혼이 없는 공무원입니다
나의 시는 영혼이 없는/있는 걸까
내 앞에 누군가 뱉었던 한 마디;
시인은 즉흥적이야 어디로 튈지 몰라!
현대문학 1월호 김이정 단편 마지막 문장;
당신, 내 울음소리가 들리는가

오늘 당신 기다리는 동안 중얼거린 것들
휠덜린 엎혀살던 옥탑 방 몇 평일까
74년 재수할 때 청계천 헌책방서 구입한
56년 정음사판『서정주시선』속표지
미당 친필 이영진 대인大仁은 누굴까
요번엔 해남 갈두리까지 한방에 갈 수 있을까

지난여름 내몽골서 함께 사진 찍었던
식당 여종업원 이름이나 물어 볼 걸……
제 이름은 허공의 바람 같은 거예요
정선 문두계곡엔 어떤 바람이 머물다 말까
오후 1시 수락산 입구에 불을 밝힌
가로등은 내일도 멍청하게 서성거릴까
아무도 기웃대지 않던 주공 14단지 쪽
고고한 까치집은 그 누구의 처소였을까

4부

면벽 1

바람 몇 점 표표히 떠돌던 귀임봉 너머 수락산 용굴암
한 눈에 확 들어오던 녹녹한 녹음도
흐르는 구름도 끌어당겼다 놓아버리던
그저 선방 객승일 뿐이라며
점심點心 공양 한 점 권하던 곳

어쩌면 쓸쓸함이라는 것도
삶이라는 그런 것도
그 세월이라는 것도 꼭 견뎌야만 하는
견딜 만할 거라는 듯
올올한 암벽에 마음 붙이고 있던
그냥 섬섬한 소나무 하나
가슴 한복판마저 슬몃슬몃 올올하던
돌아갈 길 싹둑싹둑 끊어놓고
세상과 허리쯤 담 쌓아두고 싶던 곳

뒤도 돌아보지 않고 그냥 돌아앉아
인기척 없는 선방에 틀어박혀
허한 벽면을 향해

눈에 삼삼한 소나무 하나도 지우고
들숨 날숨 몇 번 풀 섶에 내려놓고
생을 결가부좌하고 싶었던 곳
바람결에 요 앞마당 뭇 새 발자국 지워질 때까지라도

면벽 2

바위에 붙어 있는 암자에서 우연히 만난
승복僧服 걸치고 있던 네팔 청년
마루 끝에 나란히 붙어 앉아
솔방울 뚝뚝 떨어져 구르다 한참 머뭇대는
텅 빈 계곡을 내려다보았다
서툰 우리말로
생명 있는 것들을 어머니처럼 생각한다는
어깨선 부드럽던 네팔 청년
잇몸 내보이던 그 말랑말랑한 미소

히말라야 밑에서도 머릴 깎고 살았다는
김천 직지사直指寺서 머리를 또 깎았다는
머리 두 번 깎았어도 끝내 깎을 수 없는
우연이든 인연이든 하나도 쓸쓸하지 않은

주먹으로 가슴을 친 듯
제 가슴을 비우 듯 박새 한 마리 울다 갔다
울다 간 그 빈자리가
내 가슴 한쪽 뼈마디 쿡쿡 찌른다

뒤돌아보지 않고 그대 떠난 길 어디로 가는 걸까
우리는 어디로 가는 걸까?
소나무도 등을 꼿꼿이 세우고
면벽하던
소나무 등에 등을 붙이고 서서 누군가 속삭이고 있었다

나마스떼
나마스떼*

* 나마스떼Namaste : 네팔, 히말라야 등지에서 쓰는 인사말 1) 지금 이 순간
  당신을 존중하고 사랑합니다. 2) 내 안의 신이 당신 안의 신께 정중히
  경의를 표합니다.

면벽 3

누군가 등 뒤에서 배꽃을 한 줌 한 줌 흩뿌리는가 보다
혹은 저 뜻대로
바람에 알몸 내놓고 저 한 몸 흩날릴 때
한 소식 딱 끊고
바람결에 후드득 넋이라도 내려놓고
길 떠났다가
한 소식 들고 돌아오고 싶은가 보다
혹은 길 떠날 때처럼
한 소식 들지 못하고 꺼칠꺼칠한 빈손으로 돌아온다 해도
잔뜩 웅크린 호프집에 들러
배꽃 그림자 훅훅 스쳐가는
벽면 어디 묵묵히 바라본다고
딱히 꼬집어 싱겁다 싱겁다 할 수만 없지 않은가

수락산水落山 너머 내원암內院庵
다만 한 소식
저 뜻대로 등졌다 다시 모였다 하는 뭇 바람 같은 것을
배꽃 한 점 한 점 흩날리는 뭇 바람을 위하여
배꽃 한 점 그림자 떠나보낸 빈 나뭇가지를 위하여

면벽 4

이것저것 내다놓은 물건들을 거둬들이는 노점상 같은
겨울 수락산 산자락에서
일정한 장단으로 발성하는
목청 탁 트인 까마귀 하나
탁 트인 목청 하나로 앞이 탁 트인 삶을 살 수 있을까
정정한 혹은 덧없는 목청에 화답하듯
귓속 환해지는
어둡던 마음도 조금 밝아지던 동종銅鐘 소리 한 소절
동종은 본래 유전자가 다른 음계였지
음, 별종別種이거나 독종毒種이었지

삶이 온통 여려터진 걸까 귀만 여려터진 걸까
삶이 조금 딴 데로 옮겨 앉은 걸까
어디 옮겨 앉을 곳도 없다는 걸까
차마 여려 터져서 더 여려터질 것도 없는 이 연연함

면벽 5

뜰 앞에 눈▨을 퍼다 우물을 메우는
맨주먹 같은 벽암록 덕운德▨ 고사도
선禪을 한 움큼 손에 움켜쥔 혹은 놓아둔
그저 제 품에 묻어둘 수밖에 없는

벽암록 드문드문 읽을 무렵
동해시 무릉계곡에 들어가
저녁 내내 빈 잔에 어리던 달빛을 피해 혹은
바람에 흔들리는 오대산 부연동에 처박혀

발길 닿던 혹은 눈길 닿던 곳에서
밤 깊으면 거기서 떠돌다 떠돌다가
산짐승의 초연한 울음소리를 귀담아 들었다
제 가슴에 쓸어 담을 수밖에 없는 것

거친 발톱 같은 산짐승의 울음소리도
뒤돌아보지 않고 단숨에 증발한
막힘없는 통연한 부연동 풍風 바람도
제 가슴에 거둬들이는 거라고

제 가슴에 거둬들일 수 없으면 어디?

몇 걸음 거닐다 돌아보던 시뿌연 초승달도
한쪽 팔 들었다 내려놓던 가슴 넉넉한 노송 하나도
텅 빈 벽면을 향해 면벽한 듯
이것도 마침내 벽암록 풍風 한 구절 아닐까

면벽 7

　　노원경찰서에 납부하라는 고지서를 몇 번이나 들여다보
았을까
　　성신여대 사거리 신호위반 과태료 7만 원
　　그때 내 삶은 가속페달을 밟을 수밖에 없었을까
　　제 날짜에 맞춰 범칙금 물고 와서
　　바지 뒷주머니 속에 쿡 찔러 둔
　　장애인 복지회 2만 원짜리 후원금 지로용지를 왜 꺼내보
았을까
　　지로용지를 바지 뒷주머니에 넣고
　　은행 앞을 몇 번이나 지나쳤을까
　　지로용지 잊어먹고 살고 싶었을까
　　내가 나를 부끄럽게 하는 것도 부끄럽다
　　방금 창밖에 두 손바닥 오므렸다
　　그 두 손바닥을 살짝 펴 보이며
　　동그랗게 웃던 선연한 목련을 바라보았다
　　마음마저 선득, 선연해지는 것도
　　이런 밤엔 집사람 곁에 누웠다 돌아누워
　　눈앞에 벽면 향해 면벽하는 것도
　　꼭 목련 탓으로만 돌릴 수도 없다

시를 쓰겠다고 켜 놓은 컴퓨터 모니터에 비친
민망한 내 얼굴 들여다보는 것도
뒷주머니에 묻어 둔 지로용지를 더듬던
손끝도 부끄럽고 부끄러울 따름이다
지로용지 한 조각 서걱거리는 어디쯤
내 손끝에 선득 선득 닿는 게 있었다
빈 주머니 구석 어디쯤 더듬더듬 더듬고 싶은
홀로 남은 점자點字 같은 것

면벽 8

아무도 의심하지 않는 주목하지 않는 풍경이다
누군가의 뜨거운 생애 엿듣는 것 같은
늦봄 날 흐린 저녁, 꽃 사과나무 하나
눈에 보이는 것도 눈에 보이지 않는 것도
어디서 꿈꾸다 만 꿈은 아니었을까
어디서 어쩌다 꾼 꿈은 아니었을까
바람에 꽃 사과나무 꽃잎 하나 힘없이 떠돌았다
심한 바람 불 때 나도 떠돌아 다녔다
정신없이 겁 없이 떠돌던 곳 어디였을까
그대 요즘 떠도는 곳은 어디쯤일까
어디 떠돌지도 않고 사는 거뜬한 삶이 있을까

저녁 해거름 앞마당 턱밑에 다가올 때
그대 없는 이 구석진 방에 홀로 앉아
마음 벽에 붙어 있던 꽃 사과나무 하나
그 마음 벽을 벽면 삼아 면벽할 거다
서러워하지도 않는 괴로워하지도 않는
마음 벽면에 붙어 있던 꽃 사과나무가
내 가슴을 밟고 있을 때 그대 어디 있었는가

그렇게 멀지도 가깝지도 않은 곳에
어느 혹은 어떤 삶 아니라 어디 삶
남양주 능내리 강변 어디쯤 무심한, 심란한 삶!

저녁녘 해거름 벽면도 마음 벽도 어둡던
마음에 두었던 것도 마음에 놓아둔 것도
그렇다고 딱히 내놓을 속마음도 없어
두 손 모아 쥐고 속마음을 가다듬었다
꽃 사과나무 잠시 붙어 있던 마음 벽
내 속이 무릇 허虛하고 허전한 것을 어떻게 하겠는가

면벽 9

교내 시화전에 붓 펜으로 쓴 시 하나 걸었다
동아리 학생이 벽에 액자를 가리키며
"저기 작품 저 주시면 안 돼요?"
"다른 데 한 번 더 전시해야 하는데……"
나는 떠듬떠듬 말을 더듬고 말았다
내 것도 아닌데…… 네 것도 아닌데……
(요새 누가 남의 시를 읽고 있을까)

강당선 댄스 동아리 공연 중이었다
음악소리도 크고 관람객도 크게 붐볐다
동아리 시화전 행사장 입구 앞에선
동아리 학생이 알사탕을 나눠주고 있었다
"선생님 알사탕 조금 더 사야겠어요"
"그만 해라"
나는 내 액자 앞에 걸음을 멈추었다
누가 액자 끝에 강아지풀 하나 매달았다
누굴까?

액자유리에 내 얼굴이 얼비치었다

액자 속 되비친 얼굴을 꺼내놓고 싶었다
누가 곁에서 속닥속닥 속삭이고 있었다
세상은 단순하다 우우 사랑도 단순하다
네 가슴만 내 가슴만 복잡할 뿐이야
나는 벽면에 붙어서 면벽한 채 속삭였다
그렇다 시도 죽었다 시인도 죽었다
그것 또한 시의 몫이며 시인의 몫이리라
그리하여 시를 위하여 시인을 위하여

면벽 10

꿈만 줄어 든 거 아니었다
슬픔도 서글픔도
물욕도 육욕(肉慾)도 보이지 않을 만큼 줄어 든 것이다
헛꿈도 줄어 든 것이다
과거도 줄어 든 것이다

자분자분 언덕을 오르다 보면
저녁 해 두고 간
길목도 저물고 있었다

흰 무늬 한 줄 가슴에 띠를 두른
어깨 부르르 떨다 말던
이름을 알 수 없는 주먹만 한 새 하나도
저녁 갈참나무 곁에서
머물다 저물어 갈 것이다
그도 곧 침묵할 것이다

꿈만 줄어 든 거 아니었다
저녁 어스름 그림자도

길목 어디 머물다 저물다 줄어든 것이다
그도 곧 침묵할 것이다
꿈도 과거도 침묵도 줄어 든
마침내 내공內空에 이를 것임을

면벽 11

1.

탤런트 이미연李美蓮은
나이 들어가는 여배우의 눈가 주름살을 보지 말고
그의 눈동자 얼마나 깊어가는지
한번 지켜보라고 말했었다
그의 나이만큼
그의 눈가 주름살도 깊어갈 것이다
그의 나이만큼
그의 눈동자도 한층 깊어갈 것이다
그의 눈동자 깊어도
그의 눈동자 볼 수 있는 사람
그의 눈동자만큼
눈길 둘 곳 없는
마음 둘 곳 없는 사람만 무연히 볼 수 있을 것이다

2.

지난여름 내몽골 하이라얼서 하얼빈으로 돌아오는 길 내내
삭막한 사막 같은
가도 가도 끝이 없는 이 초원의 끝

가도 가도 끝이 없는 이 끝은 어디

기차를 타고 미니버스를 갈아타고

말을 타고 달릴 때

야생마 수십 마리

눈 감아보아도 한꺼번에 초원을 달리던 야생의 형상形象

그 야생野生의 훅훅 숨소리 같은

사뭇 삭막한 바람소리

마음 둘 곳 없어

눈길 둘 곳 없어

가슴속 내벽內壁에 부딪친

가슴속 내벽 향해 면벽한 사람만 듣고 볼 수 있을 것이다

면벽 12

2월은 홀로 걷는 달*
2009년 2월 28일
동해시 달방리 화장장 앞마당을 홀로 걷고 있었다
화장장 앞마당 언덕배기 한쪽 끝에
무궁화나무 한 그루 홀로 서 있었다
누군가 장례식장 종이상자에 인쇄된
굵고 검은색 목각체木刻體를 뜯어
무궁화나무 빈 가지 사이에 가지런히 걸어뒀다
'삼가 고인의 명복을 빕니다'
슬픔은
허공중에 흩어지는 것도 아니었다
그렇다고 가슴에 담아 둔 것도 아니었다
슬픔은
사람의 가슴 높이만 한 나뭇가지에 걸려 있었다

2월은 홀로 걷는 달
오늘 한나절 지나도 발걸음 멈추지 않을 것이다
이 세상을 떠난 이도
이 세상에 남은 이도

발걸음 어디서 멈출 수도 없었다

* 체로키족 인디언 달력 중에서

면벽 13

이름도 제대로 몰랐던 꽃 하나 꾹 밟고 있었다
근린공원 풀밭 위에서 담배 재를 툭 터는 순간
내가 밟고 서 있던 잡풀 틈새
짙은 보랏빛이 낼름 보이다 말았다
나이 어린 앉은뱅이꽃 시름꽃이었다
화들짝 놀란 건
입술 새파랗던 시름꽃만 아니었다
나도 앞니로 입술을 깨물고 있었다

시름꽃 같은 시름 하나 앙가슴에 시름시름 돋았다
시름 하나 가슴에 담아 시름꽃 하나 피웠다
시름 하나 가슴에 꾹꾹 담아
가슴에 담으려다 담지 못한 것도 있었으리라
시름꽃 하나 시름 하나
가슴에 주워 담아 다독이고 있었다
너의 꽃말이 겸양謙讓이라고 했었던가?
잡풀 틈에 끼어 사는 시름꽃도 겸양을 알고 있었다

면벽 14

젖은 빨래 툭툭 털어 빨랫줄에 널어놓고 싶은 날
하계동 9단지 임대아파트 등나무 벤치 끝에
조선朝鮮 무 두어 개 무덕무덕 채 썰어 놓은 듯
무채처럼 엷게 아주 엷게 썰어 내놓은
봉두난발 같은 앳된 봄볕이 수북하다

순박한 나무벤치에 앉아 생담배를 태우며
일회용 종이컵에 소주 가득 담아 들고
봄볕 곁에 서서 벌컥벌컥 한 잔 마시고 싶다
삶을 무채 썰듯 송송 썰어 놓고
봄볕에 이리저리 그을리다 살짝 태우고 싶은

봄볕이 마냥 좋아 봄을 타던
이 봄 타지 않아도
어떤 사내의 등 뒤에서 울컥 쏟아질 것만 같던 영혼

면벽 15

새소리 물소리 바람소리도 등산객도 놓친 어떤 길목
소나무 끝에 덩그렇게 매달려 있는
누군가의 간절한 발원發願이었던
낡은 종이 연등蓮燈만 아니었다면
아무도 들를 일 없는
아무도 없는 절집 마당 끝에
고무호스에서 새어나오는 쪼륵쪼륵 물소리만 들릴 뿐!
요사채도 나한전羅漢殿도
문밖에서 걸어 잠근 산중턱 암자 한 채
혹시, 무문관無門關?

대빗자루로 비질한 마당 둘러보아도
대빗자루도 대빗자루 그림자도 없었다
나한전 쪽으로 길게 목 늘어뜨리고 있는
수국水菊 수국만 아니었다면
요사채 뒤쪽 벽면에 붙어있던
두꺼비집 미터기 눈금만 아니었다면
주지도 시자侍者도 보살도 없는
마냥 비워둔 빈집인 줄만 알았을 것이다

빈집 마루턱 끝에 걸터앉아
저 안의 무엇을 비우기 위해
세상을 위해 비워둔
세상의 여백 같은 빈 마당을 둘러보았다
비질한 마당도 생각하지 않던
빈집 감싸듯 어루만지던 오롯한 적막감

말과 세계 : 침묵으로 휘어진 독백의 전언

김 석 준(문학평론가)

1. 글을 들어가며

시인에게 있어서 즉자적으로 주어진 세계는 그 자체로 시말의 선험적 조건이다. 인식의 조건으로써 이미 현존하는 세계, 혹은 이 세계를 재구성할 수 있는 의식의 힘. 이 두 가능적 사태 중 시말은 어느 쪽으로 휜 운동인가. 사실 칸트의『순수이성비판』에 나타난 기획이 이 세계를 새롭게 재구성하도록 인간에게 독자성을 부여하기는 했지만, 인간은 의식의 힘을 통해서 진정으로 이 세계를 새롭게 만드는 것이 가능한가. 늘 동일하게 존재하는 이 세계. 자전과 공전의 주기를 한 치의 오차도 없이 수행하는 물리적인 시간과 공간. 삶이 또 다른 삶에 의해 대체되고, 시간이 시간으로 연결되어 시간의 기획 그 자체를 선형적으로 이룩해 갈 때, 우리는 진정 새로운 기획의 주체로 존재할 수 있는가. 인간에게 세계는 그 자체로 주어진 것이 아닌가. 우리는 그저 어찌할 도리 없이 저 수많은 감정의 굴곡들을 감내하면서 시간 내부에 위치하는 것은 아닌가.

강세환의『벚꽃의 침묵』은 두 발을 딛고 서있는 실존적 세계가 만들어낸 세세한 감정의 굴곡들을 시말화하면서, 그 모든 의미의 층위를 존재론적 문양으로 응결시켜가고 있다. "우연과 인연"이 만든 "길 없는 길 찾아 헤매는"(「산중문답」 중) 도정 위에 서서, 시인은 괄호 안쪽에 위치하는 마음의 문양을 응시하고 있다. 외로움 혹은 서러움. 삶-시간-세계의 인간학적 문양은 시간의 안쪽에서 비등하는 그 무엇인데, 강세환은 그것을 외로움으로 채색하고 있다. 말과 침묵 사이를 시말로 가로질러 가면서 혹은 삶이 펼쳐내는 다양한 감정의 기조 또한 투명하게 직조해가면서, 시인은 삶의 내밀한 구경 속으로 이입해 들어가고 있다. 이를테면 『벚꽃의 침묵』은 "견디는" "삶"(「대추나무에 시 하나 걸렸네」)에 관한 기록들로 채워져 있는데, 그것은 말할 수 없는 말들에 관한 전언이거나 침묵으로 휜 시말들로 짜여져 있다.

하여 시인 강세환은 마음 언저리에 그득한 외로움을 달래면서 "허공"같고 "물과 같"(「산정호수의 내면 혹은 수면」)기도 한 마음을 투명하게 투시하고 있다. 망각 혹은 마음 한켠에 자리한 양심. 어쩌면 시인의 시말길은 「대영고물상 앞에서」에서 언표한 괄호 안에 숨겨진 따스한 마음결로 휘어진 순정한 의식 찾기인지도 모른다. "(내가 무얼 하나 잊고 사는 것만 같았다)"고 독백처럼 읊조리면서, 말과 침묵 사이에 새겨진 외로운 그 무엇인가를 애잔하게 예인하고 있다.

2. 외로움 혹은 침묵

역시, 미적 형식의 문제는 항상 삶이라는 주관이 세계라는 객관과 상호 조응하는 지점에서 파생되는데, 그것은 주관의 객관화이거나 객관의 주관화이다. 왜냐하면 미적 대상의 실질적 주체인 삶-시간-세계는 주관성 위에 기술이 가능한 객관적 사태이거나, 그 역 또한 성립시키기 때문이다. 조응 혹은 시선의 부딪힘. 근본 감정 혹은 창발적인 미적 형식의 출현. 예술가에게 있어서 미적 형식의 창조적인 국면이란 근본 감정에 완전하게 몰입의 순간인데, 그것은 어쩌면 해결이 불가능한 "외로움"이라는 감정의 파생물인지도 모른다. 말과 침묵을 욕동시키는 외로움. 강세환의 시말들은 외로움이 빚어낸 삼투작용에 다름 아니다. 하여 강세환의 『벚꽃의 침묵』은 미적 가능조건인 객관적 세계를 주관적 정조로 키질하면서 말과 침묵 사이를 왕래하고 있다. 외로움(혹은 서러움)이라는 삼투막을 사이에 두고 때론 침묵으로 때론 시말로 근본 감정의 농도를 조절하면서 담담하게 적멸 같이 텅 빈 곳을 응시하고 있다.

잔뜩 오므린 벚꽃의 입을 쳐다보다
그도 나도 그 한 시절이라는 것도
인연을 따를 뿐이라는 생각이 들더군요
웃지도 않고 그렇다고 울지도 않는
말 한마디 꺼내지 않던
입천장에 혓바닥 붙이고 있던 벚꽃의 침묵
— 「벚꽃의 침묵」 일부

침묵은 말하지 않음이 아니다. 침묵은 이미 하고 싶은 말을 다 말한 상태이거나 더 이상 말이 필요 없는 상태이다. 시선의 교환 혹은 상호 응시. 기다림 혹은 "끄덕끄덕". 시인에게 있어서 침묵은 가장 완전한 교감의 상태로 이행하는 것을 의미하는데, 그것은 "인연"이 만든 길이거나 인연의 자연스러운 풀림 현상이다. 인간학이든 자연학이든 상관없이, 시인 강세환에게 있어서 삶-시간-세계는 그 자체로 침묵으로 휘어진 운동인지도 모른다. 왜냐하면 시 「벗꽃의 침묵」은 벗꽃이 피고 지는 현상을 시간의 절대운동으로 소묘하면서 그 모든 개연적 사태를 침묵으로 응결시켜가고 있기 때문이다.

마치 "입천장에 혓바닥 붙이고 있던 벗꽃의 침묵"처럼, 인간학이나 자연학은 "말 한마디 꺼낼" 필요가 없는 인과필연의 "인연"으로 휘어진 줄어듦의 벡터에 다름 아니다. 〈시인이 말〉에서 말한 것처럼, 삶-시간-세계는 그 자체로 "꿈도 편견도 담배도 좀 줄"여가면서 "텅 빈 곳"으로 향해가는 제로섬 운동이다. 하여 시인에게 침묵은 필연이자, 시말의 소생점인데, 그것은 마음이 기울고 머물던 여백의 자리이다. 따라서 시인의 침묵은 비트겐슈타인의 모름에의 침묵이 아니라, 다 알고 내어주는 하여 풍요로운 텅 빔의 침묵이다. 허나 그럼에도 불구하고 더 예민해지는 감각. 허나 점점 더 치열해지는 시살이. 말과 침묵사이에 저 지고한 깨달음이 스며있듯이, 외로움이 시말길 사이사이에 알알이 박혀있다.

①한순간 외로움 있었다면 그도 사랑이었을 것이다
창밖을 내다보면
살구나무 옆에서 침묵하던 외로움 하나 있었다
아침에 내려놓은 손톱만 한
그 외로움 내려놓기 위해
제 발치에 묻어두고 사는 걸 보면
그가 사는 삶이라는 것도
한순간 외로움 있었다면 그도 사랑이었을 것이다
한순간 뜨겁고 외롭던 것들!
                         － 「한순간 뜨겁고 외롭던 것」 일부

②살아서 외로움과 서러움이란 것도
차마 피할 수도 달랠 수도 없다는 걸
불쑥불쑥 깨닫게 하던
몸도 마음도 잠적하고 싶던 북만주北滿洲 허허벌판
                         － 「내몽골 시편」 일부

③나도 무얼 하나 품에 끌어안고
이 외로움을 살다
더 외로울 것도 없는 이 외로움
한 석 달 고독고독 얼려 볼까
이 외로움 혹 외로움 아닐 수도 있다면!
지금 여기 있는 그대로
마음속에 얼려 볼까 이 순간을 백업할까
                         － 「겨울, 활래정活來亭」 일부

뜨거웠던 삶-시간-세계는 차가운 쪽으로 휜다. 아니 애초부터 삶-시간-세계를 살아내도록 만든 사랑의 원리는 침묵이나 외로움으로 휘어 그 모든 삶의 색조를 동일성으로 치환시키도록 조정하고 있다. ①은 모든 의미의 범주를 "-도"라는 보조사의 작용에 의해 포괄하고 있는데, 그것은 삶의 가변적 속성을 증명하는 방식이거나 삶의 다층적으로 이해하는 방식이다. 비록 그것이 "한순간"에 현현되는 것이기는 하지만, "-도" 속에 내파된 삶의 문양은 사랑의 작용이 만든 양가적 실체, 즉 "뜨거움"이나 "외로움"으로 치환된다. 모든 것을 허용하는 사랑. "뜨겁고 외롭던" 삶-시간-세계. 시인 강세환에게 있어서 삶의 내접면에서 비등하는 개연적 사태들은 모두 "-도"로 환원이 되는데, 그것은 "한순간"을 반복적으로 표상하거나 "켜켜이"로 적층된다. 왜냐하면 삶은 항상 "-도"를 통해서 생에의 욕구를 욕동시키기 때문이다. 하여 생은 그 모든 사태들을 허용하게 되는데, 그것이 바로 "삶이라는 것"의 본래적인 속성이다.

②도 역시 "-도"라는 보조사의 작용 내부에서 몸과 마음의 양태를 소묘하고 있는데, 그것은 생이 존재하는 방식이 아니라 생이 도달하는 궁극의 지점을 맹자의 불인지심不忍之心의 경지에서 굽어보고 있다. 차마 하지 못하는 마음. 이러지도 저러지도 못하는 마음. 문제는 외로움이나 서러움이라는 근본 감정에서 비롯하는 것이 아니라, "영혼"의 "바람"에서 촉발되는데, 그것은 인간의 내접면에서 비등하는 그 무엇이 아니라 인간에 앞선 선험적 가정이다. 양자택일

혹은 선택적 의지. 허나 그 모든 사태들 또한 "-도"에 걸려 넘어져 이러지도 못하고 저러지도 못하게 된다. 왜냐하면 시인의 몸과 마음을 통어하면서 감성의 체계를 지배하는 영혼은 삶의 작용이 아니라 죽음의 작용이기 때문이다. 자작나무의 숲에서의 풍장 또는 심혼을 울리는 마두금 현위의 가락. 시인의 시말길은 외로움과 서러움 쪽으로 휘어 존재론적 운명을 응시하게 된다.

③도 역시 "-도"에 의해서 시말들 전체를 외로움 쪽으로 잇대어놓고 있는데, 대저 강세환에게 있어서 외로움의 정체는 무엇인가. 아니 더 정확하게 말해서 "더 두려울 것도 없는" 외로움은 무엇이고, 외로움을 산다는 것은 또 어떤 국면인가. 도대체 외로움은 어디서 욕동하며 외로움의 궁극적 주체는 누구인가. 생 자체에서 비롯하는 외로움인가, 대타자의 기획인가.『벚꽃의 침묵』전체를 지배하는 근본 정조가 외로움일 때, 시인은 그 외로움을 통해서 삶-시간-세계의 어떤 국면을 현상시켰는가. 표면적으로는 너무도 자명해 보이는 외로움이 불투명한 그 무엇으로 기술될 때, 우리는 외로움의 정체를 안다고 말할 수 있을까. 대저 시인이 "말라비틀어진 연꽃 줄기의 외로움"을 통해서 외로움의 의미적 심연에 도달할 때, 그것은 외로움인가, 고통인가, 두려움인가. 어쩌면 시인에게 외로움은 삶 옆에 도사린 존재의 구멍인지도 모른다. 옴짝달싹할 수 없게 삶-시간-세계를 옥죄는 외로움. 존재의 기획 전체를 어그러트리는 외로움. "지금 여기 있는 그대로"의 즉자적 현실을 살아내지만, 생

은 언제나 외로움의 그늘에 휘둘린다. 하여 인간은 결코 외로움을 벗어날 방법이다. 외로움은 인간에게 들러붙어 행복할 때나 기쁠 때나 혹은 슬픔의 심연으로 추락할 때를 가리지 않고 존재를 회감 성찰하게 만드는 근본 감정이다.

> 꿈은 사라졌어도 종종걸음 말고
> 너에게 가는 걸음, 헛걸음이라도 한번 걸음하고 싶다
> 다시 한 번, 허허로이 헛걸음을!
>
> 내 꿈은 사라지고
> 네 꿈도 사라지고
> 내 가슴에 남았던 꿈은 헛걸음 같은 것
>
> — 「꿈은 헛걸음 같은 것」 일부

삶은 언제나 "제 이마를 콱 쥐어박"는 재귀적 용법으로 귀결하게 되어 있다. 자승자박 또는 허망한 삶—시간—세계. 꿈 또는 절망에 이르는 길. 생이 헛꿈일 때, 혹은 산다는 것이 조금씩 정신줄을 놓는 것으로 귀결될 때, 우리는 늘 "종종걸음"으로 생과 대면하여야 하는가. "마음의 잔"을 점점 더 비우면서, 혹은 "정신"을 일깨우면서 우리는 어떤 생의 순간을 맞이하게 되는가. 「꿈은 헛걸음 같은 것」은 시인이 이제까지 체험한 삶—시간—세계에 대한 정언적 결론인 것 같은데, 우리는 꿈같은 삶을 통해서 무엇을 깨닫고 어느 지점에 이르는가. 외로움인가, 서러움인가. 이도저도 아니면

허허로운 "헛걸음"인가. 대저 삶에는 정답이 있는가. 사라진 꿈, 헛걸음으로 인도하는 꿈. 만약 꿈이 이와 같을 때, 인간에게 생은 불가능한 것이 아닌가. "이 삶 줄면 딴 삶 조금" 늘 듯, "이 꿈 줄면 딴 꿈 느는"(『봄비라도 한번 내렸으면』) 것이 아닌가. 삶에는 정답이 없다. 그냥 살다보면 자동적으로 "너"에게 도달할지도 모른다. 시인에게 있어서 너와의 "대면"이 "헛걸음"으로 표상될지 모르지만, "너에게 가는" 길은 생이 귀결하는 운명에의 길임에 틀림없다. 아니 시인의 "너"는 상상계적 삶의 욕망을 불러일으키면서 종국에는 생 전체를 외로움의 지대로 유혹은 대타자에 다름 아니다. 따라서 인간에게 꿈은 양가성을 띤 미지의 실재인데, 그것은 한편에선 생을 욕동시키고 다른 한편에선 생의 불가능성을 자인하게 만든다. 하여 꿈은 항상 차연된 그 무엇으로 표상된다. 왜냐하면 꿈은 항상 실현되지 않거나 미래의 시간 쪽으로 위치를 변경하기 때문이다. 따라서 "너에게 가는 걸음"은 언제나 "헛걸음"이다. 우리는 결코 꿈에 도달할 수 없다. 꿈은 헛걸음이다.

> 살다보면 한 잔의 국화차처럼
> 누군가의 냉랭한 가슴을 따뜻하게 적실 수 있을까
> 탁하고 냉하고 혹 딱한 가슴을
> 국화차 한 잔으로 우려낼 수 있을까
> 국화꽃 두어 송이 찻물에 띄워놓고
> 차를 마시는 것도 차를 마시지 않는 것도 아닌

행간에 국화차 한 잔을 두고 앉아

- 「국화차를 앞에 두고」 일부

생은 점점 싸늘하게 식어 늙는다. 생은 조금씩 외로움이
나 서러움에 친숙해지다가 이내 "냉랭한 가슴"으로 싸늘해
진다. "살다보면" "어느새" 우리는 인간학적 온기를 잃게 된
다. 그런데 시 「국화차를 앞에 두고」는 국화차를 매개로 하
여 마음의 안과 밖을 따스하게 위무하면서 이 세계에 인간학
적 온기가 넘쳐나기를 소망하고 있다. 외로움과 서러움을 치
유하면서, 시인은 공감대가 넘쳐나는 진정한 교감을 희원하
고 있다. 국화차 한 잔을 사이에 두고, "탁하고 냉하고" "딱
한 가슴"을 "따뜻하게 적시"고 있다. 어쩌면 시인이 집요하
게 설파한 외로움이라는 인간학적 심연은 점점 싸늘해져만
가는 이 시대의 단면도를 역설적으로 비판하고 있는지도 모
른다. 하여 시인 강세환은 국화차를 우려내어 다스운 온기를
나누듯, 이 세상에 국화향이 넘쳐나기를 열망하고 있다.

3. 시간의 소요유

시간의 선형적 선분 위에서 우리는 가장 완벽한 "물리적
황홀감"에 빠져 "나(혹은 너)를 깜빡 잊을"(「수락산 안개」)
수 있을까. 우리는 삶-시간-세계를 주재하는 진정한 주체
일 수 있을까. 시간 앞에 우리는 저 장자처럼 진정한 자유
를 만끽할 수 있는가. 대저 우리는 시간의 선분을 위를 유
유자적하게 거닐면서 시간의 바깥으로 탈주할 수 있는가.

아니 역으로 우리는 시간을 흔드는 자가 아니라, 시간 앞에 늘 흔들리자는 자가 아닌가. 어쩌면 『벚꽃의 침묵』을 지배하는 외로움이라는 근본 감정은 시간 앞에 흔들리는 인간학적 음영의 투사작용인지도 모른다. 왜냐하면 우리는 완벽하게 시간을 소요할 수 없을 뿐만 아니라, 끝을 향해 달려가는 무의 작용이기 때문이다. 따라서 시간을 온전하게 전유하면서 그것을 소유한다는 것은 애초에 불가능하다. 그런데 강세환은 그 시간이란 것을 문제 삼으면서 시간의 안쪽에 위치한 삶-시간-세계의 다채로운 문양을 애정 어린 시선으로 응시하고 있다. 비록 그것이 흐르는 시간에 점점 종속되어가는 과정인 것만 분명하지만, 시인 강세환은 시간 그 자체를 소요하고자 시도 중이다.

> 달빛 같은 것도 쓰윽 지나쳤지만
> 다시 돌아보면 달빛도 그림자도 없는
> 하릴없이 사붓사붓 걷다 흔들리는 것
> 흔들리지 않는 시간도 한번 흔들어 보는 것
> 한심한 심심한 시간 좀 흔들어보아도
> 홀로 외로움도 삶의 한 몫이거늘
> 외롭게 사는 게 단순한 삶이거늘
> 한 마음 놓았던 마음을 다시 내려놓던 밤
>
> ─「막차」 일부

우리는 "맨가슴 언저리가 툭 트인 느낌"(「모기 한 마리 때문에」)과 같은 관용의 태도로 삶–시간–세계를 향유할 수 있는가. "그 어느 세월 때문에 오도 가도 않는 곳"(「중랑천 세월교」)에 얽매여 시간을 전부 허송세월한 적은 없는가. 시 「막차」는 시간 앞에 선 인간의 모습을 "7호선 막차"에 비유하면서 삶 내부에 흘러 소진된 시간의 편린을 포착하고 있다. 허나 타박타박 흔들림 없이 자신의 소임을 이룩해가는 시간. 우리는 시간을 흔들 수 없다. 우리는 "참이슬 일곱 병과 오백 씨씨 세 개"에 흔들리는 자다. 우리는 그저 주어진 욕구에 순응하면서 삶–시간–세계의 내접면에 "외로움"을 기입하는 자다. 우리는 시간 앞에 "홀로"다. 우리는 시간의 주체가 아니다. 우리는 시간을 소요하되, 우리에게 허여된 시간 전체를 소진하는 자이다. 따라서 인간학적 시간은 '소요=소진'이다.

허나 그러한 시간의 본성에도 불구하고 강세환은 삶 앞에 놓인 다양한 시간을 "마음"의 척도로 헤아려보고 있다. "한마음 놓았던 마음을 다시 내려놓"으면서 시간을 삶으로 기록하는 묘법을 체득해가고 있다. 만약 '소요=소진'이라는 등식 위에 시간을 체험할 때, 우리는 결코 시간을 흔들거나 시간의 주체로 존재할 수 없다. 허나 시인은 역의 방식으로 시간 위에 군림하고 있다. 비록 그것이 "한심한 심심한 시간"을 살아낸 흔적인 것만은 분명하지만, 우리는 '열심히'가 아니라 그 "한심한"과 그 "심심한"을 통해서 시간의 주체가 된다. 왜냐하면 향유적 소요는 열심히 소진하는 시간이 아니라, 그저 무심한 듯 한가롭게 시간을 흘려보내는 "한심한 심심한 시간"이기 때문이다.

①아마도 남자는 풍風을 맞은 것 같았다 어둠 속에서도 불편한 왼쪽 팔이 눈에 띄었다 남자는 걸음을 멈춘 채 어서 가라고 여자에게 손짓을 했다 여자도 걸음을 멈춘 채 어서 오라고 남자에게 손짓을 했다 발걸음 멈출 때마다 수심愁心 가득한 여자의 얼굴에도 남자의 얼굴에도 수척한 달빛 하나 스쳤다 남자를 기다리던 여자는 달빛 어린 달맞이꽃 하나를 바라보곤 했었다 달빛 어린 달맞이꽃도 빛바랜 달빛 하나쯤 가슴에 품고 있었다

— 「중랑천 소요逍遙」

②사노라면 한 움큼 움켜쥐었다
한 움큼씩 꼭 그곳에 내려놓아야만 할 것
내 앞에서 당신 앞에서 털어놓던
속살이 환하게 비치는 삭삭한 물살의 독백
되돌아보지 않고 되뇌지도 않던

— 「봄날은 간다」 일부

③가볍게 사는 법을 알았던 것들
노을도 여울도 회나무에 머물던 바람도
정처 없이 떠돌던 떠돌이 객이었다
어둡지도 않던 노을빛 평상에 앉아
내가 하는 일이라곤
내가 하는 일을 잠시 잊고 있는 것

잊을 일도 잊고 사는 머쓱한

불현듯 삶의 공백空白에 이르는 공복감

   －「삼강 주막–경상북도 예천군 풍양면 삼강리」 일부

 산다는 건 그 자체로 시간이 만든 다양한 인간학적 문양
들과 대면하는 처연한 운동이다. 우리는 결코 시간 자체를
소유하면서 무한한 자유에 이를 수 없다. 그런데 강세환은
①에서 완벽한 소요유의 경지를 꿈꾸는데, 그것은 "먹먹한
사연"이거나 "적적한 가슴"에 다름 아니다. 바람이 기입된
시간. 하여 바람맞고 풍風맞아 불편한 몸. 우리는 시간을 향
유하는 것이 아니라, 시간이 만든 섭리에 순응하면서 "수심
愁心" 가득한 얼굴로 혼자 걸어간다. 비록 서로가 서로에게
애절한 "손짓"으로 애련의 감정을 표출하지만, 시간은 "수
척한 달빛 하나" 거느린 채 스스로를 이룩해간다. 시간 앞
에 우리는 그저 "아슴아슴한" 연민이다. 시간 앞에 우리는
존재론적 운명의 지점을 응시하게 된다. 비록 강세환이 중
랑천변을 거니는 노부부의 모습에서 시간을 소요하는 모습
을 읽어내지만, 그것은 점점 야위어가야만 하는 우리네 삶
의 애잔한 초상이다. 아프고 가슴이 저린다.

 인간에게 시간은 영원한 현재의 지속이다. 이를테면 ②에
서 강세환이 말한 것처럼, 인간에게 시간은 "과거도 없고
미래도 없는 함함한 봄날"이다. 영원히 향유할 수 없는 밖
에 없는 현재라는 시간. "봄날"은 그렇게 왔다가 가볍게 소
진되어 가지만, 인간은 시간을 "움켜쥘" 수 없다. 시간은

"한 움큼" 잡았다 놓는 순간이다. 우리는 잡은 만큼 내려놓아야만 한다. 이백이 「春夜宴桃李園序」에서 '夫天地者는 萬物之逆旅요 光陰者는 百代之過客이라'고 읊조렸던 것처럼, 우리는 한때 찬란하게 빛났던 봄날의 화려한 완상을 꿈꾸지만, 생에의 봄날은 "삭삭한 물살"처럼 덧없이 흘러가버린다. 흩어져 사라져버리는 시간. "되돌아보지도 않고 되뇌지도 않"은 채 소진되어 화살처럼 사라진 시간. 우리는 시간 앞에 "독백"을 읊조리면서 인간학적 심연에 이른다.

시간 앞에 우리는 침묵하는 존재다. 말할 수 없는 시간. 말의 의미를 늘 완벽하게 비껴가는 시간. 우리는 시간의 본질 속에서 무엇인가. ③은 시인이 체감한 시간의 본질적 국면을 정확하게 예시하고 있다. 다시 말해서 강세환은 인간에게 허여된 시간의 정체를 "남루한 객"으로 비유하면서 인간학 전체를 가볍게 만든다. 하여 인간은 낭객이다. 인간은 "정처 없이 떠돌던 떠돌이 객"인데, 그것은 시간에 종속된 삶이 아니라, 시간을 정관하면서 시간 그 자체를 향유하는 삶에 다름 아니다. 물론 객수로 인해 "불현듯 삶의 공백空白에 이르는 공복감"을 느끼는 경우가 없지 않으나, 시인은 "가볍게 사는 법"을 체득하여 삶-시간-세계에 새겨진 시간의 광폭한 법칙을 가볍게 망각하기에 이른다. 무거운 삶을 가벼운 삶으로 치환시킬 때, 우리는 생 자체를 향유할 수 있지 않는가. "먹빛 노을"지는 산천을 주유하면서 "하는 일을 잠시 잊"을 때, 우리는 진정으로 시간을 향유하는 것은 아닌가. 역으로 시간의 소요유는 시간의 지속에 의한 므

네모시네의 작용이 아니라 시간을 레테의 강으로 흘려보낼 때 가능하지 않는가. 하던 일 멈추고 "노을빛 평상에 앉아" "삼강 여울"을 바라볼 때, 우리는 진정한 시간의 주체로 거듭 태어나는 것은 아닌가. 가볍고 여유롭게 삶-시간-세계를 툭툭 털어낼 때, 시간의 소요유적 삶은 완벽하게 실현된다.

> 인생이란 것도 떨어지지도 않는 담 같은 거
> 잊으려고 해도 잊혀지지 않는
> 명치끝이 시큰한, 옛 애인 같은
> 손닿으려 해도 손닿지도 않는
> 그렇다고 제 손으로 뿌리칠 수 없는
> 견딜 수도 없는, 견디기 힘든 거
>
> 손끝 닿지 않아 마음 벽만 긁던
> 담도 덤이라는 어떤 생각
> 살며 죽을 맛도
> 담 같은 덤 아닐까
>
> — 「담痰」 일부

"혼자 꿍꿍대"던 "세월의 가장자리 끝"은 언제나 "허전하고 허망하고 쓸쓸한 것"(「어미」)으로 판명날 것임에 틀림없다. 우리는 시간 앞에 "더 물을 것도 없고 더 묻어둘 것도 없는" 상태에 도달하게 된다. 스스로 완성하여 모든 것을 소멸에 이르게 하는 시간. 어쩌면 인간에게 시간은 시 「담痰」에서 말한 것처럼 "참을 수 없는" 것이거나 "참기 힘든" 것임에 틀림없다. 허나 그럼에도 불구하고 우리는 인생의 마스터 알고리즘을 찾아 천하를 주유하게 되는데, 시「담痰」은 시간의 체계 전체를 정확하게 연산처리하고 있는지도 모른다. 마치 딱 떨어지지 않는 담을 인생으로 비유하면서 생에의 시간이 겪어내는 의미를 적분함수로 차근차근 치환시키고 있다. 생명으로 와있는 시간. 혹은 미분으로 소멸하면서 적분값을 도출해내는 인생. 생은 그 자체로 이러지도 저러지도 못하는 존재론적 아이러니에 다름 아니다. 왜냐하면 인간에게 허여된 생 전체는 영원히 해결이 불가능한 것으로 짜여져 있기 때문이다.

"마음 벽"을 긁으면서 인생의 의미를 정관해보기도 하지만, 생은 언제나 아포리아에 이른다. 마치 "명치끝이 시큰"하고 아린 것처럼, 혹은 잡힐 듯 잡히지 않는 미지의 실재처럼, 시간 속에 위치한 인생은 시간 전체를 소거시켜 미지의 X 쪽으로 삶-시간-세계를 몰고간다. 하여 인생은 더도 덜도 아닌 바로 "덤"같은 "담"이다. 아무것도 붙잡을 수 없는 인생. 어쩌면 인간에게 시간의 소요유는 이루어질 수 없는 하나의 가상인지도 모른다. 왜냐하면 인생은 잊을 수도 그렇다고 잊힐 수도 없는 그 무엇이기 때문이다. 하여 시인에게 시간의 소요유는 유토피아적 시간이거나 무릉도원에서의 향유이다. 허나 그럼에도 불구하고 우리는 바로 지금 여기라는 즉자적 시간을 살며 존재한다. "견딜 수도 없"고 "견디기 힘든" 시간의 선분 위를 질주하면서, 그저 그렇고 그런 현존재로 거기에 있다. "살며 죽을 맛도" 느끼면서, 혹은 "마음 벽" 벅벅 긁어가면서 외로움과 서러움의 한 복판 위를 질주하고 있다. "손끝"에 닿지 않아 괴롭고 힘든, 허나 가끔 웃기도 하는 그런 인생을 "담 같은 덤"으로 살아가고 있다. 시간의 소요유란 과거나 미래가 아닌 바로 지금 여기에 존재함이다.

4. 침묵의 변주

우리는 침묵해야한다. 우리는 멍하니 벽을 바라보면서 우리를 지워가야 하는데, 그것은 철저하게 스스로를 이룩해가는 시간의 기획에 저항하는 방법이다. 왜냐하면 인간에게 허여된 삶-시간-세계는 시계視界가 불분명할 뿐만 아니라 "앞이 탁 트인 삶"(「면벽 4」) 또한 아니기 때문이다. 하여 "나마스떼 나마스떼"를 외치며 "우리는 어디로 가는 걸까?"(「면벽 2」) 진정 우리는 면벽하면서 존재의 어떠한 국면에 당도하는가. "무심한, 심란한 삶!"(「면벽 8」), 대저 우리는 진짜 어디로 향해가는 것인가.

강세환의 총 14편에 달하는 「면벽」 연작은 인간학인 도정을 침묵으로 이끌어 가는데, 그것은 외로움이나 서러움과 같은 근본 감정을 점진적으로 해소해가면서 삶의 본질을 성찰하는데 있다. 침묵으로 휘어진 면벽 혹은 독백의 전언. 아니 금번 상재한 『벚꽃의 침묵』은 우연이나 인연이 만든 삶-시간-세계의 세세한 단상을 아련하게 기록하면서 침묵의 세계로 이끌어가고 있는데, 그것은 말할 수 없는 세계에 대한 침묵이 아니라 침묵으로 진리를 말하는 선禪적인 세계에 다름 아니다. 하여 「면벽」 연작은 삶-시간-세계에 산적한 아포리아를 주밀하게 굽어보면서, 그것을 독백의 전언으로 설파하고 있다.

어쩌면 쓸쓸함이라는 것도
삶이라는 그런 것도
그 세월이라는 것도 꼭 견뎌야만 하는
견딜 만할 거라는 듯
올올한 암벽에 마음 붙이고 있던
그냥 섬섬한 소나무 하나
가슴 한복판마저 슬몃슬몃 올올하던
돌아갈 길 싹둑싹둑 끊어놓고
세상과 허리쯤 담 쌓아두고 싶던 곳
　　　　　　　　　　　－「면벽 1」 일부

"삶이 온통 여러터"(「면벽 4」)진 마음을 견지한 채 구도에 이를 때, 혹은 선의 세계를 "제 품에 묻"고 "제 가슴에 쓸어담"아 "거둬들"(「면벽 5」)일 때, 우리는 오욕칠정이 넘쳐나는 즉자적인 삶-시간-세계의 의미를 탈출할 수 있다. 마음 본체의 촉지 혹은 세계의 심연으로의 도달. 탈속 또는 세속. 깨달음은 어디에 있는가. 여기인가, 저기인가. "지로용지 한 조각 서걱거리는 어디쯤"(「면벽 7」)에 있는가, "세상과 허리쯤 담 쌓아두고 싶던 곳"에 있는가. 대저 우리는 어느 형국에 이르렀을 때 온전한 깨달음에 이르는가. "손끝에 선득 선득 닿"(「면벽 7」)아야 하는가, 지고한 곳에 도달해야 하는가. 무릇 우리는 어떤 지경에 도달할 때 염화미소와 같은 이심전심의 경지를 체득하는가.

피안 혹은 차안. 어쩌면 강세환이 지향하는 깨달음은 성속일여聖俗一如의 화엄적 세계인지도 모른다. 왜냐하면 시인의 깨달음은 높낮이를 가리지 않기 때문이다. 하여 시인은 세월이 만든 이쪽과 저쪽의 경계면에 위치하면서 생에의 국면을 응시하고 있다. "쓸쓸함" 혹은 "올올함". 우리는 어느 쪽으로 휠 때 깨달음에 이르는가. "견딤" 혹은 절연. 우리는 진정 어느 쪽으로 인생의 방향키를 잡을 때, 화광동진和光同塵의 경지에 이르는가. 시 「면벽 1」은 상호 대립되는 선택의 층위를 교묘하게 이접시키면서 이 세계 전체가 깨달음의 대상이라고 설파하고 있다. 하여 시인의 시말운동은 모든 것을 보조사 '-도'에 응고시키는데, 그것은 시말의 객관적 사태이자, 세계가 존재하는 방식이다. 하여 시인에게 보조사 '도'는 이 세계에 알알이 박혀있는 깨달음의 실체를 지시하거나 적극적으로 깨달음 쪽으로 의미를 수렴시키는 도道의 또 다른 모습이다.

①저녁녘 해거름 벽면도 마음 벽도 어둡던
마음에 두었던 것도 마음에 놓아둔 것도
그렇다고 딱히 내놓을 속마음도 없어
두 손 모아 쥐고 속마음을 가다듬었다

꽃 사과나무 잠시 붙어있던 마음 벽
내 속이 무릇 허虛하고 허전한 것을 어떻게 하겠는가
―「면벽 8」 일부

②시름꽃 같은 시름 하나 앙가슴에 시름시름 돋았다
시름 하나 가슴에 담아 시름꽃 하나 피웠다
시름 하나 가슴에 꾹꾹 담아
가슴에 담으려다 담지 못한 것도 있었으리라
시름꽃 하나 시름 하나
가슴에 주워 담아 다독이고 있었다
너의 꽃말이 겸양謙讓이라고 했었던가?
잡풀 틈에 사는 시름꽃도 겸양을 알고 있었다
―「면벽 13」 일부

③빈집 마루턱 끝에 걸터앉아
저 안의 무엇을 비우기 위해
세상을 위해 비워둔
세상의 여백 같은 빈 마당을 둘러보았다
비질한 마당도 생각하지 않던
빈집 감싸듯 이루만지던 오롯한 적막감
―「면벽 15」 일부

보조사 '도'가 道로 휘어 깨달음에 이를 때, 생-세계는 그
자체로 그 나름의 의미의 집적된 구현물이 된다. 세상 전체
가 도다. ①은 가시적 세계와 불가시적 세계를 동시에 포착

하면서 "마음"을 공간적 지평으로 확장하고 있는데, 그것은 마음이 곧 세계라는 가정을 성립시킨다. 이를테면 "누군가의 뜨거운 생애"를 내밀하게 엿듣고 응시하면서 서러움과 괴로움을 가뿐하게 지워버린다. 비록 떠도는 삶이 예정되어 "거뜬한 삶"을 살아내지 못할지라도, 시인 강세환은 "심란한 삶" 전체를 "어떤 삶"이 아닌 "어디 삶"으로 인식하면서 면벽에 몰입 중이다. 허나 그럼에도 불구하고 "허虛하고 허전한" 삶-시간-세계. 우리는 끊임없이 떠돌고 방황하면서 "마음 벽" 안쪽을 전일하게 만든다.

어쩌면 산다는 건 마음에 놓인 수많은 인간학적 욕망과의 대결과정인지도 모른다. 비록 욕망이 삶을 요동시켜 미래를 응시하게 만들지만, 어찌 생을 욕망으로만 살 수 있는가. ②는 강세환의 어여쁜 마음자리를 읽을 수 있는 시인데, 그것은 보조사 '도'가 궁극적으로 도달하는 인간학적 태도이다. 다시 말해서 시인은 "시름꽃 같은 시름"의 지점을 정확하게 짚어내면서 그것을 숭고하게 "다독이고" 있다. 가슴 한 가운데 깊이 심겨진 울혈 혹은 시름 하나. 허나 시인 강세환은 그 시름은 보듬어안고 다독여 "겸양"에 이르는데, 그것은 면벽의 궁극적 목적이다. 은일한 깨달음. 어쩌면 깨달음의 본체는 그리 지고한 것이 아닐지도 모른다. 아니 역으로 시인의 깨달음은 무심하게 지나칠 수 있는 아주 낮은 곳에 있다. 무성한 잡초들 사이에 숨어 영롱한 "보랏빛"으로 빛나는 "시름꽃"에서 강세환은 차마 하지 못하는 마음의 원리를 깨닫게 된다. 불인지심不忍之心. 차

마 밟을 수 없는 마음. 면벽은 죽임의 원리가 아니라, 나의
마음이 너에게로 다가가 너의 존재론적 의미를 되살리는
것이다. 하여 시름꽃 속에 깨달은 겸양은 측은지심의 확장
이다.

깨달음이 높지 않은 이유는 그것이 채움이 아니라 비움이
기 때문이다. 낮음으로의 이행. 낮은 곳에 임해있는 진리.
③은 조주의 무자화두를 굽어보면서 진정한 진리성을 응시하
고 있다. 똥막대기가 부처의 현신으로 인식될 수 있듯이,
시인은 보조사 '도'를 진정한 무無의 영역으로 이끌어 진정
한 깨달음에 이르고 있다. "오롯한 적막감". 혹은 진정한 비
움. 대저 진정한 비움이란 무엇인가. 시인이 침묵 같은 독
백의 전언으로 "세상의 여백"을 둘러보고 안의 비움을 역설
할 때, 그것은 비움의 어떤 상태인가. 의식의 기화 혹은 대
상의 적멸. 생각도 없고 의식도 없는 세계. 하여 "비질한 마
당도 생각하지 않던/빈집". 어쩌면 강세환의 시말운동 전체
는 보조사 '도'의 긍정적 인식을 세세하게 기록하면서 그 도
를 변증법적 부정성으로 키질한 후 진정한 道로 역전시키는
과정으로 이행하고 있음에 틀림없다.

꿈만 줄어 든 거 아니었다
슬픔도 서글픔도
물욕도 육욕肉慾도 보이지 않을 만큼 줄어 든 것이다
헛꿈도 줄어 든 것이다
과거도 줄어 든 것이다

자분자분 언덕을 오르다 보면
저녁 해 두고 간
길목도 저물고 있었다

흰 무늬 한 줄 가슴에 띠를 두른
어깨 부르르 떨다 말던
이름을 알 수 없는 주먹만 한 새 하나도
저녁 갈참나무 곁에서
머물다 저물어 갈 것이다
그도 곧 침묵할 것이다

꿈만 줄어 든 거 아니었다
저녁 어스름 그림자도
길목 어디 머물다 저물다 줄어든 것이다
그도 곧 침묵할 것이다
꿈도 과거도 침묵도 줄어 든
마침내 내공(內空)에 이를 것임을
　　　　　　　　　　　　－「면벽 10」 전문

　생은 과정이다. 생은 생성의 과정을 거쳐 그 모든 생성을
하나하나 희석시켜 침묵에 이른다. 말과 세상은 침묵 쪽으
로 휜다. 우리는 말할 수 있지만, 그 말을 통해 진리에 이를
수 없다. 하여 인간에게 침묵은 필수다. 비록 시인 강세환
이 "침묵도 줄어 든"다라고 역설하고 있지만, 어찌 침묵을

줄일 수 있겠는가. 「면벽 10」은 인간학 전체로 소멸로 휘게 만드는데, 그것은 삶-시간-세계를 줄임의 작용으로 치환시키는 것에 다름 아니다. 엔트로피 법칙. 그런데 묘하게 시인의 줄임의 시적 원리는 쌓음으로 역전되는데, 그것은 인간학이 도달하는 궁극적 지점이다. 프로이트이든, 라캉이든, 지젝이든 상관없이, 혹은 부처든, 예수든, 공자든 상관없이, 생에의 형식은 삶-시간-세계를 욕동시켰던 그 모든 욕망의 원리를 기화시켜 침묵으로 휘게 만든다.

하여 비우고 줄어든 인간학적 원리는 또 다른 쌓음으로 향하게 된다. 다시 말해서 시인은 줄임의 작용 전체를 "마침내 내공內空에 이를 것임"이라고 확언하면서 진정한 쌓음의 경지에 이르고 있다. 슬픔도, 서글픔도, 물욕도, 육욕도 과거도 줄여가면서, 또는 꿈이나 헛꿈조차 줄여가면서 저 죽음 같은 침묵에 이르고 있다. 어쩌면 시인에게 침묵에의 도달은 너무도 당연한 것인지도 모른다. 왜냐하면 『벚꽃의 침묵』 전체는 타자에게서 출발에서 자기에게로 휜 독백의 전언이기 때문이다. 비록 시인의 시말운동 전체가 말과 세계를 시말 속에 응고시켜 침묵에 이르고 있지만, 강세환의 침묵은 말할 수 없는 것에의 침묵하는 비트겐슈타인적인 방관적 태도가 아니라 적극적으로 말하는 침묵이다. 이 미묘한 역설이 강세환의 시말운동 전체를 지배하고 있는데, 그것은 침묵이 말하는 태도이자, 침묵을 통해서 말하고 싶은 저 숭고한 말의 작용이다.

5. 글을 나오며 : 시쓰기의 의미

　시란 그 자체로 영혼의 형식이다. 제아무리 포스트모던이고, 판타지적 해체가 대세라고 말하더라도, 시란 그 자체로 마음의 "울림"이다. 하여 시란 "침묵이 흐르다 멈추"는 마음자리 근방에서 요동치는 그야말로 아름다운 심혼인데, 그것은 사랑의 교감이다. 침묵 속에 흐르는 그 무엇. 침묵을 정지시켰던 젊은 날의 초상. 시란 영혼을 상호 매개시켜 상호 타자성에 이르게 만드는 유일한 미적 형식이다.

　금번 상재한 강세환의『벚꽃의 침묵』은 영혼의 울림을 겨냥한 그야말로 아름다운 시적 제의를 펼쳐내고 있다. 외로움과 서러움의 근본 감정을 아슬아슬하게 건너가면서 시말들 전체를 섬세한 결로 순치시켜 너와 나 사이에 벌어진 간극을 해소시켜 상호타자성이라는 공감대를 형성하고 있다. 쓸쓸하고 "영혼이 없는 자"에게로 다가가 심혼을 일깨우고 있다. 여율與律이 가득한 울림의 전언으로 침묵 같은 독백의 시말운동을 숭고하게 펼쳐내고 있다. 아름답다, 따스하다.

　　젊은 날 한 때 낮에는 김지하金芝河를 읽었고 밤에는 김종삼金宗三을 읽었다 그 무렵 실패한 연애 때문에 김종삼을 읽다 머리맡에 던져놓곤 했다 그러나 맨 처음 그 여자의 마음을 끌어당긴 것도 그 여자의 마음을 더 복잡하게 만든 것도 김종삼 때문이었다 돌이켜 생각해 보면 그 여자의 마음도 내 마음도 아프게 한 것은 김종삼이었다

　　혈서를 쓰듯 김종삼의 시 한 편을 따뜻한 펜으로 써서 그 여

자한테 보내놓고 한 달 동안 기다렸다 답장이 없어도 두렵지
않았다 김종삼을 읽고 어떤 울림이 없다면 다시 만나지 않아
도 답답할 일도 아니었다 어느 주점에서 쓸쓸한 바람 같은 것
이 스치고 지나갈 때, 시라는 것도 쓸쓸한 혹은 영혼이 없는
자의 몫이라는 생각이 들었다 지금 내 사무실 컴퓨터 바탕 화
면에 깔아놓은 김종삼의 흑백사진 위로 어떤 침묵이 흐르다
멈춰 있다 나의 시 한 편도 그 누구의 마음속을 복잡하게 흐
르다 멈춰 있지 않을까?

-「김종삼을 생각하다」전문